JN043453

双葉文庫

おれは一万石

慶事の魔

千野隆司

目次

那珂湊
高浜
秋津河岸
霞ヶ浦
北浦
鹿島灘
利根川
小浮村
高岡藩
高岡藩陣屋
銚子
東金

↑白沢・柳林・阿久津河岸へ
久保田河岸
▲筑波山
下妻藩
鯉川
小貝川
関宿
鬼怒川
牛久
春日部
野田
取手
柏
流山
三郷
木
川口
松戸
白井
江戸川
鎌ヶ谷
隅田川
江戸城
行徳
日本橋行徳
新川
小名木川

おもな登場人物

井上正紀……美濃今尾藩竹腰家の次男。高岡藩井上家世子。
竹腰勝起……正紀の実父。美濃今尾藩の前藩主。
竹腰睦群……美濃今尾藩藩主。正紀の実兄。
山野辺蔵之助……高積見廻り与力で正紀の親友。
植村仁助……正紀の供侍。今尾藩から高岡藩に移籍。
井上正国……高岡藩藩主。勝起の弟。奏者番。
京……正国の娘。正紀の妻。
佐名木源三郎……高岡藩江戸家老。
濱口屋幸右衛門……深川伊勢崎町の老舗船問屋の主人。
桜井屋長兵衛……下総行徳に本店を持つ地廻り塩問屋の隠居。
井尻又十郎……高岡藩勘定頭。
青山太平……高岡藩徒士頭。
松平信明……吉田藩藩主。老中。老中首座定信の懐刀。
広瀬清四郎……吉田藩士。信明の密命を受けて働く。

おれは一万石
慶事の魔

前章　重なる慶事

一

朝の日差しを受けた霜柱が、融け始めている。水を吸った枯れ葉が、降り注ぐ陽光にきらきらと光っていた。

庭を吹き抜ける風は冷たい。葉を落とした枝が風で揺れるのを見るのは寒々しかった。廊下に出た井上正紀《いのうえまさのり》は、深く息を吸って吐き出した。

冷たい空気に、眠気が一気に覚めた。

下総高岡《しもうさたかおか》藩一万石の井上家では、藩主正国《まさくに》と正室和《かず》、それに世子《せいし》の正紀と妻女の京《きょう》の四人が毎朝、仏間で読経をあげる。祖先の霊を慰め、藩の安寧《あんねい》を祈願するのである。

それが一日の始まりだった。

「お腹の赤子の様子はいかがですか」

読経が済むと、和が京に問いかける。十一月になって、臨月の娘を気づかっていた。和はお姫様育ちで、藩財政には無頓着。狩野《かのう》派の絵の蒐集《しゅうしゅう》に夢中になり、自らも絵筆を握る。気ままな暮らしに見えるが、初孫の誕生には気持ちが向かうらしかった。

「跡取りであればよいぞ」

正国が言う。腹の子は、正国にとっても血の繋がった孫となるが、思い入れが和とは違う。家中では、男児を望む声が多い。

井上家の跡取りとなる者だからだ。武家にとって跡取りの誕生は、御家の存続に関わる何よりも大事な問題だった。

父親となる正紀も、やはり男児ができればとは思うが、それが第一ではなかった。母子ともに健康であれば、それ以上は望まない。京はかつて流産をしていた。

無事に身二つになってほしい、というのが正紀の願いだった。

大坂定番《おおさかじようばん》だった正国は、春に任を終えて江戸《えど》に戻った。そして将軍家や幕閣に接する機会の多い奏者番《そうじやばん》に任じられた。無事に役目をこなせば、さらなる出世が望まれる。前任の三河吉田《みかわよしだ》藩七万石の当主松平信明《まつだいらのぶあきら》は、老中に栄進している。

「若様であれば、目出《めで》たいことが続きますな」

家中の者は男児の誕生を期待している。

武家として男児を望むのは当然だが、家中の者には特別な思いがある。これまで正国と正紀の二代は、婿として井上家に入った。しかし京が男児を生めば、当主は婿ではなく井上家の血筋となる。

正紀は、美濃《みの》国今尾《いまお》藩三万石の竹腰勝起《たけのこしかつおき》の次男として生まれた。一歳上に兄睦群《むつむら》がいるので、井上家の婿になった。実家の竹腰家は、尾張徳川《おわりとくがわ》家の付家老《つけがろう》の家柄である。家督を継いだ兄は、その役目に就いている。

実父の勝起は、尾張徳川家八代当主宗勝《むねかつ》の八男である。したがって当代当主の徳川宗睦《むねちか》は、正紀の伯父となる。

正紀は井上家に婿として入ったが、義父となった正国は、宗勝の十男である。正国も高岡藩井上家へ婿に入った。正紀は叔父が当主の家の婿となった。

したがって京のことは、幼少の頃から知っていた。二つ年上で、どこかつんとした態度や物腰だった。たまに話をしても、いかにも年上ぶった偉そうな口ぶりで気に入らなかった。

その京と、二年前の天明《てんめい》六年（一七八六）に正紀は祝言《しゅうげん》を挙げた。好いて好かれた仲ではなかった。尾張一門の結束を強める、そんな意味合いがあった。井上家にすれば、小大名が、尾張徳川家との繋がりを濃くすることができる、好都合な縁談だった。

政略結婚といっていい結びつきだったが、二年の歳月は、互いの心を分かち合う間柄にさせた。窮迫《きゅうはく》する藩財政を立て直そうとする正紀の熱意を、京は受け入れている。

「風邪を引かぬようにな」

和が、気遣いの声をかけた。京は先月、風邪をこじらせた。ようやく完治したところだから、案じたのである。

「ありがとうございます」

京が礼の言葉を返すと、正国と和は仏間から去って行った。正紀は京の部屋までついてゆく。

「大きくなったな」

部屋で二人きりになると、京の腹を撫でる。赤子の動きを、掌《てのひら》で感じることもあった。

「少し怖いです」

正紀に身を持たせかけて、京は言った。いつ産気づいてもおかしくない状況になっている。

京は昨年、せっかく腹に宿した子を流産してしまった。正紀に対して、ときに厳しいことを口にする強気な一面を持つ女だったが、それは自分に対しても同様で、己を責めた。

「なあに、案ずることはない」

根拠はないが、正紀は穏やかな口調にして答える。隣室では何度もお産を経験した侍女が、控えていた。産着などの支度《したく》も調えられている。

「傍にいてやりたいが、いても邪魔《じゃま》になるだけだからな。しかし今日は一日、同じ屋敷内にいるぞ」

と告げると、京は頷《うなず》いた。

正紀には高岡藩の世子としての役目がある。当主の正国は、奏者番として多忙を極めている。となると藩政は、江戸家老の佐名木源三郎《さなきげんざぶろう》の助言を得ながら、正紀が舵を切らなくてはならない。

江戸のことだけではない。下総の国許《くにもと》からも、指示を求める書状がやって来る。

高岡藩は一万石の禄高だが、実高《じつだか》は一万二千石あった。領地は利根川《とね》に面していて、水に恵まれた。しかし天明の世になって、飢饉《ききん》や凶作が続いた。高岡藩も例外ではなかった。

藩も領民も苦しんだ。やむを得ず年貢率を上げ、貸し米の要求さえした。ために領内では、一揆まで勃発した。

しかし今年の作柄は、豊作とは言えないまでも、例年作を上回るものになった。これで一息ついたところだった。

京の部屋を出た正紀は、屋敷内の中奥にある御座所に入る。自分の執務部屋だ。すると佐名木と勘定頭の井尻又十郎《いじりまたじゅうろう》がやって来た。

国許から来た案件を処理し、来客対応も行う。正国が奏者番の役に就いてから、訪れる者が多くなった。正国は登城しているから、相手によってこの三人が分けて面談した。

「近頃は、進物の品が多くなりました」

井尻は喜んでいる。しかしそれだけで、困窮《こんきゅう》した高岡藩の財政が正常化するわけではない。頭が痛いところだった。

「高岡河岸《かし》の新たな納屋《なや》の利用はどうか」

正紀が井尻に問いかける。

高岡藩では、藩財政の立て直しを目指して、高岡河岸の活性化を図っていた。これまで河岸場《かしば》には二棟の納屋があったが、この度さらに一棟を新築した。初めの二棟は、江戸と行徳《ぎょうとく》の問屋の持ち物だったが、新築したのは、藩が建てたものだった。運上金《うんじょうきん》や冥加金《みょうがきん》のみが入ってくる初めの二棟とは違い、利用料がそのまま入る。

「空きなく利用ができるように、出入りの船問屋や諸色の問屋に声掛けをいたしております」

井尻が答えた。下り物の塩や淡口醤油《うすくちしょうゆ》だけでなく、薪炭《しんたん》や油、木綿や繰綿《くりわた》などが置かれる。

「収穫の頃には、年貢米を運ぶための中継地点として使いたいという話もございます」

「江戸からの荷を運ぶのにも、利便が良いですからな」

井尻の言葉に、佐名木が応じた。江戸から運んだ荷を、高岡河岸にいったん置く。そこで霞《かすみ》ケ浦《うら》や北浦《きたうら》、銚子《ちょうし》方面へ行く船に分ければ効率の良い輸送ができる。逆に、江戸へ向ける荷もまとめられた。

「高岡河岸は、ますます賑《にぎ》わいますぞ」

「ぜひ、そうしたいところだ」

三人は頷き合った。

正紀は一人になると、来客が来るまでは、国許からの文書に目を通した。しかしふと頭をかすめるのは、京のことだった。

「今頃、どうしているだろう」

お産のことが気にかかる。

同じ屋敷内だから、様子を見に行くことは難しくない。しかしそれをすれば、すぐに家臣《かしん》に伝わる。できるだけ避けなくてはならないと思っていた。

江戸に出てきている勤番侍は、妻女が出産をしても、国許に帰ることはできない。自分だけがそわそわして奥に入るのは、けしからんと感じるのだ。

胸中の思いは、誰にも気づかれないようにして過ごした。

日が黄色味を帯び始め、ようやく傾いてきた。佐名木が、御座所へやって来た。

「奥に、お入りなさいまし」

京のもとへ行けと言っていた。武骨者に見えるが、佐名木は細かい配慮をする。

「いや。慌てることもあるまい」

飛んでいきたいところだが、正紀は見栄を張った。

「しかしもう、今日の御用はございますまい」

さらに勧められた。

「そうだな」

気は進まないが、という顔を作ってみせる。それから腰を上げた。

奥に入ると、侍女たちが慌ただしく動いていた。

「奥方様には、産室にお入りになりました」

「そ、そうか」

心の臓が、一気に熱くなった。産室に向かおうとすると、侍女の一人に引き留められた。

「お部屋でお待ちくださいませ」

と告げられた。

自室に入っても、何をどうすればいいか分からない。座っても落ち着かない。じりじりと時が過ぎるのを待った。途中で夕食をとったが、味は分からなかった。耳を澄まして、産室の気配をうかがう。

五つ（午後八時）過ぎになって、「おぎゃあ」という赤子の泣き声を聞いた。それで辛抱ができなくなった。障子《しょうじ》を開けて廊下に出た。

駆け寄りたいが、すぐにはできない。産室が、何かとても神聖な場所のように感じられたからだ。

足音が聞こえた。侍女が現れて、正紀の前で平伏した。

「奥方様におかれましては、無事に赤子をお生みになりました。姫さまにございます」

母子共に健やかだという。

「よかった」

胸に湧いたのは安堵《あんど》の思いである。これでようやく、歩き出すことができた。京のいる部屋へ行った。

京は、産湯を使ったばかりの赤子を抱いていた。皺くちゃな赤い顔で、声を上げている。

「でかしたぞ。そなたも無事で何よりであった」

正紀は声をかけた。

「嬉しゅうございます」

京は、目に涙を溜めて言った。お産の苦しみはあっただろうが、それだけではない。我が子への慈しみが、涙になったのだと感じた。また役目を果たしたという、喜びもあるのかもしれない。

「これで正紀さまの、妻になりました」

赤子を生んだことで、前に流産した負い目を、京は払ったのだ。

正紀は赤子の顔を覗き込んだ。今まで泣いていた赤子は、もう眠りに落ちていた。

姫が生まれたことは、すぐに屋敷内に伝えられた。

「そうか。姫ごであったか」

若干、落胆する声もあったという。

「若殿でなければ、また尾張家から婿様にお越し願えばいい」

と口にした者もいたとか。それは後になって、正紀が聞いた話だ。

姫の名は、正国や和とも相談して、孝《こう》とした。生まれただけで親孝行という意味である。

二

同じ頃、八丁堀《はっちょうぼり》の山野辺《やまのべ》家でも慶事があった。北町奉行所高積《たかづみ》見廻り与力を務める当主の蔵之助《くらのすけ》の縁談が調ったのだった。相手は家禄百俵の闕所物《けっしょもの》奉行能見金五郎《のうみきんごろう》の娘綾芽《あやめ》である。

「歳は蔵之助殿よりも一つ下の十八歳。似合いではないか」

「器量はいま一つですが、気立てもよろしいようですしね」

話を持ってきたのは、遠縁で長く御普請方《おふしんかた》を務めて隠居した老人だった。蔵之助の亡くなった父や母甲《こう》とは、親しい間柄にあった。

「やっと決まったか」

母と老人のやり取りを聞きながら、山野辺はふうとため息を吐《つ》いた。

綾芽は低い鼻がわずかに上を向いている。しかし全体的な目鼻立ちは悪くなく、美人とはいえないが、十人並みの器量だと山野辺は感じていた。器量だけでいうならば、他にもっとよい話があった。

町奉行所の与力や同心の家は、進物が多いので内証《ないしよう》が豊かだった。味噌《みそ》や醤油、酒、薪炭や木綿など、買ったことがない。不正ではなく、受け持つ町の商家から通常の儀礼の範囲内で進物を受ける。しかし江戸市中には商家の数が多いので、まとまればそれなりの量になって、献残屋《けんざんや》に売って実入りとすることもできた。

町方は他の幕臣から卑しめられるが、それは余禄を妬むからだと八丁堀に住まう者は話している。

いずれにしても、蔵之助の縁談は町奉行所に出仕してから、武家町人を問わず少なからず持ち込まれていた。

「家柄が釣り合いませぬ」

「いや、あの娘は気働きが足りません」

甲は気性の激しい口煩《くちうるさ》い女で、なかなか眼鏡《めがね》に適う娘がいなかった。山野辺が「まあ、こんなものだろう」と思う相手でも、家柄や器量、態度物腰が気に入らないと難癖をつけて縁談を壊してきた。

「壊すことに、生きがいを感じているのではないか」

と思うほどだった。二歳下の妹弓《ゆみ》も母と同じ気質で、山野辺は外では与力として一人前の仕事をこなしているが、家では女二人に押されていた。

「うちへ嫁に来る娘は、たいへんだぞ」

と山野辺は考えている。女二人で話し合って、縁談を次々に断っていた。これでは纏《まと》まる話も纏まらないのではないかと案じたこともあった。

神道無念流《しんとうむねん》戸賀崎《とがざき》道場の剣友で、今も身分を越えて親しい付き合いをしている井上正紀の正室京には、冷ややかな印象を持っていた。祝言の折に見かけただけだが、なかなかの美形。しかし近寄りがたい、気の強そうな新婦だった。

しかし正紀から聞くと、外見とは違う気質がうかがえる。自分の母と妹も、美人ではないが、雰囲気は似ていた。そして中身も、見た目通りである。

だから嫁選びは、難航するものとあきらめていた。しかし今回は、すんなり決まった。

縁者の隠居は、甲の性格を踏まえていて、縁談とは告げずに綾芽を、半年前から甲のもとへ通わせた。甲は八丁堀の与力の娘数人に、お針の稽古をつけていた。綾芽を甲の弟子にしたのである。

したがって、山野辺もその顔と名は頭に入っていた。明るい娘で、ときにしくじりもあったらしい。甲に厳しく叱られてべそをかく姿も見かけたが、休まずに次の稽古日には笑顔でやって来た。習い始めて、一月持たずに来なくなる娘も少なくなかったから、辛抱強い娘なのか鈍感なのかはまだ分からない。

とはいえ山野辺は、将来、伴侶にすると考えたことはなかった。縁者の隠居が祝言の相手として綾芽を推したのには驚いたが、あっさり甲が受け入れたのには仰天した。

「あの娘は、叱られても後に残りません。ならば躾《しつけ》甲斐《がい》があります」

甲は手ぐすねを引いている。いささか綾芽が不憫《ふびん》には思えるが、母も能見家も不満がないならば、山野辺はこの話を受け入れるつもりだった。他に心を奪われる娘などいなかった。

話がまとまった三日後、綾芽はいつものようにお針の稽古にやって来た。この日山野辺は非番で、屋敷にいた。

「綾芽どのを連れて、浅草寺《せんそうじ》へでも行ってくるがよい」

と甲に命じられた。

思いがけない話だったが、嫌ではなかった。ただ少し面映《おもは》ゆい。綾芽も恥ずかしそうにしていた。

屋敷を出て、まずは浅草《あさくさ》御門へ向かう。綾芽は半歩遅れてついてくる。何かを話さなくてはと思うが、何を話したらよいかと考えると言葉が出なくなった。

綾芽も何も言わないでついてくる。少しずつ、息苦しくなった。高積みをしている店があれば、美しいおかみだろうが娘だろうが、躊躇《ためら》うことなく苦情を言う。お役目と勝手が違うと言葉が出にくくなる。

「何か言え。そうしたらおれも話すから」

と思うのだが、綾芽からは言葉がない。

二人は無言のまま、日本橋《にほんばし》川に架かる江戸橋を北に渡ってしまった。河岸の道は、相変わらず賑わっている。下り塩問屋の店先には俵が積まれていた。

「まずいな」

それを見た山野辺は呟《つぶや》いた。人足《にんそく》たちが、荷船から下ろした塩俵《しおだわら》を道端《みちばた》に積み上げている。店の小僧らが納屋に移すが、人手が少ないのかなかなかはかどらない。しかし人足の方は早く仕事を終わらせたいので、かまわず俵を積んでいった。

その積み方が、ぞんざいだった。

いつ崩れても、おかしくない。前の道を、大勢の人が行き過ぎる。通行人は、塩俵が積まれているのは分かっているが、目も向けないで通って行く。珍しくもない光景だから、気にも留めないのだろう。

「おい、危ないぞ。すぐに積み直させろ」

駆け寄った山野辺は、近くにいた塩問屋の手代に声をかけた。

「はあ」

数をかぞえることに気を取られていた手代は、中途半端な返答をした。そのとき、人足が最後の一俵を運んできた。どすんと乱暴な、ぶつけるような置き方だった。

それで積まれた塩俵がぐらついた。

「危ないぞ」

山野辺は叫んで、崩れそうになった俵を手で支えた。事に気づいた手代と人足も、俵を押さえた。三人がかりだから、どうにか崩れるのだけは免れることができた。しかし一人でも手を離せば、崩れるのは必至だ。

「俵を積み直せ。急げ」

山野辺は声を上げた。しかし仕事を終えたと思っている人足たちは、船着場に戻って談笑している。いつまでも三人だけでは、俵を支え切れない。塩問屋の小僧たちが慌てて俵を下ろすが、重いから速やかにはできない。

「早くしろ」

もう一度、大きな声を張り上げた。

このとき、女の叫ぶ声も聞こえた。鋭い声だ。船着場の人足たちに塩俵が崩れそうなことを伝えたのである。

気づいた人足たちが駆け寄って来た。人数が多ければ、仕事は早くなる。さして手間をかけることなく、俵を積み直すことができた。

「きちんと見張らなくてはだめではないか」

山野辺は手代を叱りつけた。崩れる塩俵が通行人にぶつかったら、間違いなく怪我をする。

「あいすみません」

店の主人が出てきて、山野辺に頭を下げた。

「以後、気をつけねばならぬ」

十手は腰に差していないが、与力の口調で言った。

そしてやや離れた河岸道にいた、綾芽の傍に寄った。

「声を上げて人足を呼んでくれた。助かりました」

俵を押さえていたとき、目の端に船着場へ走る綾芽の姿が映っていた。機敏な動きをしてくれたのが、ありがたかった。

「何よりです。蔵之助さまのお役目が、いかに大事なことかよく分かりました」

綾芽はそう返して続けた。

「蔵之助さまが潰されるのではないかと、気を揉みました」

「そうか」

「力持ちですね」

と言って、にっこりした。案じてくれたことが山野辺は嬉しかった。二人で歩きながら、高積見廻りの役目について話をした。崩れるのが危険というだけでなく、防犯の意味もあることを伝えた。綾芽は一つ一つに頷く。

話をしていると、あっという間に浅草寺の風雷神門《ふうらいじんもん》前に着いていた。

二人で本堂前に並び、瞑目合掌《めいもくがっしょう》をする。蔵之助は、綾芽を妻とする決意を胸の内で呟いた。まともに話したのは今日が初めてだが、気に入った。母の眼鏡に適った娘だという気持ちもあった。

参拝の後は露店を冷やかし、独楽回《こま》しや猿の曲芸などを見た。茶店で饅頭《まんじゆう》も食べ、帰りは下谷《したや》の屋敷まで送った。

心浮き立つ気持ちで一人歩いていると、「山野辺様」と声をかけられた。

誰かと振り返ると、高岡藩士の植村仁助《うえむらにすけ》だった。世子正紀付きの家臣だ。用足しを命じられての途中だという。正紀について今尾藩から籍を移した。下士ではあるが、正紀の腹心といっていい者だ。

「正紀様に、姫様がお出来になりました」

植村が嬉しそうに言った。

「おお、そうか。無事に生まれたのならば、何よりだ」

京が臨月なのは承知していた。旧友の間で、目出たいことがそれぞれ重なった。

「愉快愉快」

山野辺は、自分の縁談がまとまったことは話さなかった。近日中に祝いの品を持って屋敷を訪ね、自らの口で伝え驚かしてやろうと思ったからだ。

屋敷に帰ると、妹の弓が駆け寄って来た。

「いかがでしたか。お二人の道行《みちゆき》は」

目を輝かした。帰りを待っていたらしい。

「うるさい。おまえの知ったことか」

照れ隠しに叱りつけると、弓は頬をふくらませた。

早くも婚約を耳にした町廻り区域の乾物屋から、祝いの品が届いていた。鰹節《かつおぶし》三本に熨斗《のし》が付けられていた。

「耳聡いやつだな」

主人の顔を思い浮かべながら山野辺は呟いた。しかしまんざらではない気持ちだった。

第一章　二樽と一樽

一

朝の読経の後、正紀は正国の御座所へ行った。ここには江戸家老の佐名木と勘定頭の井尻も顔を揃えた。

前日にあった国許や江戸藩邸の諸事について報告があり、対応が必要な場合は、その段取りを確認する。裁可を下すのは正国だが、中身は正紀ら三人で決めた。

佐名木は諸事に目配りの利く能吏《のうり》で、正紀の後ろ盾になってきた。婿に入ってからの知恵袋であり、裏方を担ってきた。井尻は計算に細かく、江戸藩邸の金箱を管理してきた。

「孝姫様がお生まれになったことは公にはしておりませぬが、商人《あきんど》どもはしたたかでございます」

井尻が言った。不満な顔ではなく、どこか嬉し気でさえあった。

「何があったのか」

正国が問いかける。登城を前にしているから、すでに裃《かみしも》姿だ。

「御用達《ごようたし》の商人や、その他、当家と関わりを持ちたい商人から、祝いの品が届き始めましてございます」

武家の縁者からも祝いは届いていると言い添えた。

「ほう。早耳だな」

正国は感心した顔で頷いた。佐名木は顔色を変えない。あざとい商人なら、そのくらいはするだろうという顔だった。商人だけではない。高岡藩は一万石の小大名ではあっても、尾張一門に連なる御家だから、旗本たちの中にはこれを機に繫がりを持とうとする者は少なからずいる。

とはいっても高直《こうじき》な品物ではなく、白絹五反とか醬油一樽、塩一俵といった祝いの品である。しかしこれでも、数がまとまれば馬鹿にならない。正国が将軍に近侍する奏者番の役に就いてから、進物が増えた。

勘定方の井尻は、それを喜んでいた。

「年の瀬でございますからな、いろいろともの入りでございます。勘定方としては、大いに助かります」

高岡藩の内証の苦しさを、井尻は勘定方として事あるたびに口にしている。諸色高騰する中で、進物のお陰で節約ができるならば、井尻にしてみれば都合がよいことなのだ。

それくらい、藩のやりくりは厳しい。

進物が増えたことに、井尻は初めは驚いたらしいが少しずつ慣れてきた。「これはたいした品ではございません」とか「これはちょうど求めていた品でございます」とか、近頃は生意気なことを口にするようになった。

「安物ですな」

と見下すことさえあった。

進物の中には、通常では考えられない高価な品が交じることもあるが、それは佐名木が吟味《ぎんみ》して突き返す。後でのっぴきならない目に遭ったり、痛くもない腹を探られたりしてはかなわないからだ。

進物の話の後で、新築した高岡河岸の納屋の利用状況について佐名木から報告があった。

国許の高岡河岸には、三棟の納屋があって、霞ケ浦や北浦、銚子方面への水上輸送の中継地点として活性化させるべく、藩では知恵を絞ってきた。

これまでは二棟の納屋を置いていたが、それらは江戸の廻船問屋と行徳の塩問屋の持ち物だった。それでも年貢しか実入りがなかった高岡藩には、運上金と冥加金が入るようになった。金高はまださしたるものとはいえないが、あるとないとでは大違いだ。

さらに納屋によって、村では荷運びをする者や、湯茶や握り飯、饅頭を売る者が出て、日銭が落ちるようになった。

そのため出稼ぎに出る者が少なくなったのである。

正紀と佐名木は、新たな収益を得るために藩自前の納屋を建てることを企てた。自前の建物ならば、利用料をそのまま受け取れる。

ただそのためには、資金が必要だった。打ち続く凶作で、藩財政は窮迫していた。

納屋一棟でさえ、その材木代を捻出することができなかった。正紀が婿に入る前、藩では利根川の護岸工事のために必要な杭二千本を用意することができなかった。

大名家だと胸を張っても、藩の銭箱はいつも底が見えるほどだった。

追い詰められると、堅実な者でも魔が差すことがある。石橋を叩いても渡らないような堅物の井尻が、騙されて繰綿の相場に手を出してしまった。

これには、江戸城の留守居役《るすい》を務める五千石の大身旗本石川総恒《いしかわふさつね》や繰綿問屋の蓬莱《ほうらい》屋庄九郎《しょうくろう》、諸色問屋《しょしきといや》郷倉《ごうくら》屋庄吉《しょうきち》の悪巧みがあった。総恒は松平信明が老中に昇進するにあたって、空きになる奏者番の役に、縁者の常陸下館《ひたちしもだて》藩二万石の当主石川総弾《ふさただ》を就けようと働いた。

総恒の次男総博《ふさひろ》は、跡取りがなかった本家の伊勢亀山《いせかめやま》藩六万石の石川家に養子として入った。今では当主となっている。幕閣として総博が権力を持つためには、縁者である総弾の奏者番就任は格好の足掛かりになる。

しかしこの役には、尾張徳川家一門も目をつけていた。正紀には思いもつかないところでせめぎ合いがあったはずだが、結果としては正国がその役に就いた。

これが面白くない総恒は、亀山藩の御用達になることを目指していた蓬莱屋及び郷倉屋と組んで、高岡藩への意趣返しを謀《はか》った。

不正な繰綿相場に巻き込んだのである。

高岡藩は多額の損害を出すところだったが、正紀や北町奉行所与力の山野辺蔵之助、相場に詳しい両替商の倅房太郎《せがれふさたろう》の力で損失を免れた。それどころか、納屋を建てる材木代になる程度の利益を得た。

「納屋ができて、早速にも使いたいと申し出てきた者があります」

帳面を睨み、算盤《そろばん》を弾いているときには見せない明るい顔で井尻は言った。

「どのような品か」

「下り物の酒や油、織物などでございます。銚子からの醤油や、北浦からの薪炭もあります」

正国の問いかけに、井尻は綴りを捲って答えた。すでに荷は、置かれ始めている。

そのあたりのことは、国許の中老河島一郎太《かわしまいちろうた》から伝えられていた。

「新たな納屋が実入りを上げれば、さらに納屋の増築もできますな」

佐名木もまんざらではない顔で言った。

「その石川総恒だがな、城内では名ばかりの留守居役になっているぞ」

正国が言った。一同は顔を向け、次の言葉を待った。

留守居役は、将軍不在の折の守りの責任者となる役目である。城門の守りから大奥の総務と取締り、城内の武器武具、出女監視の役目まで負っていた。

留守居役の職掌《しょくしょう》範囲は広いから、万石級の大名の扱いを受け、発言力も大きかった。しかし繰綿相場の不正に家臣が関与したかどで、年明けの一月には役目を降ろされることになっていた。

家臣が蓬莱屋らと組んで、高岡藩を陥れ、繰綿相場で一儲《ひともう》けしようとしたわけだが、総恒が知らなかったわけはない。しかし蜥蜴《とかげ》の尻尾切りでことを済ませ、減俸などはなかった。

「今では、名ばかりの留守居役となった。老中ら幕閣の方々は、ほとんどまともに相手をしておらぬな」

「身から出た錆《さび》でございましょう」

井尻が憎々し気に言った。嵌められた井尻は追い詰められ、一時《いっとき》は腹を切ることさえ考えた。

「当家への恨みは、膨らんでいるでしょうな」

佐名木が言った。正紀はその見方に同意した。

「油断はできない。心しなくてはなりますまい」

と告げた。井尻も首肯した。

御用達の木綿問屋の主人から、出産祝いに狩野派の軸絵が贈られてきた。大ぶりなものではないが、奥絵師を務める狩野典信《みちのぶ》の作だと主人は胸を張った。

狩野派の絵となると、正室の和に伝えないわけにはいかない。早速正紀は、和のもとへ運んだ。

「おお、そうかそうか」

和はご満悦といった顔で、絵を広げた。顔を近付け、また離してを繰り返し、しばらく見つめた。

和は、狩野派の絵については目利きができる。正紀には聞き取ることができなかった。何かぶつぶつと呟いたが、正紀には聞き取ることができなかった。そのために救われたことがあった。

正紀は一目置いていた。

「これは真作で、見事なものです」

正紀に顔を向けると、和は言って、なぜかため息を吐いた。

「しかしな、所蔵の仕方がよくなかった。傷もある。法外な値のものではなかろう」

「では受け取っても良い品で」

「もちろんじゃ。しばらくはわらわの部屋に、飾っておこう」

そわそわした顔だ。

「孝姫への、祝いでございます」

と言ってみた。

「良さが分かるまで、わらわが預かっておくのです」

あっさりと返した。

姫の誕生と高岡河岸の納屋の新築は、藩邸内に将来への見通しと明るさをもたらした。

屋敷の奥には、赤子の泣く声が響く。生きる気迫に満ちた声を聞くのは、心地よいものだった。

二

耳を澄ますと、止まることのない利根川の水音が聞こえる。その音で、納屋番の橋《はし》本利之助《もとりのすけ》は川の機嫌が分かった。川は暴れん坊だ。機嫌が悪ければ、堰《せき》を越え田畑を押し流す。百姓の苦労など一顧だにしない。

機嫌がよければ、水を水路に流して農作物を育てる。米も麦も野菜も、水がなければ育たない。

船着場に立った利之助は、彼方にある対岸に目をやる。まだ朝靄《あさもや》が残っていて、おぼろげにしか見えなかった。

川面《かわも》を大小の荷船が行き来する。風を受けた帆が、弧を描いていた。

利之助は物心ついたときから、利根川の水面《みなも》を見ながら過ごしてきた。生き物のように気分を変える川と付き合ってきた。

冬の朝日を浴びた川は、穏やかに流れている。今日の機嫌は悪くなかった。

高岡河岸には、三棟の納屋が並んでいる。この納屋の管理運営を行っているのは、高岡藩士の利之助だ。利之助には兄の利八《りはち》がいたが、納屋の廻米を狙う賊に殺害された。

以後、利之助が家督を継いで出仕し、正紀の命で納屋番を務めていた。

家禄十八俵という下級藩士だが、兄が命がけで守った高岡河岸の納屋には、強い愛着を持っていた。

利之助の役目は、まずは到着した船から荷を受け取り、納屋に納めることだ。その際は預かり証に署名をし、『高岡藩納屋番』の印を捺して船頭に手渡す。そして河岸場から荷が持ち出される場合には、船頭の署名がある荷の受取証を求めた。荷は預かり物だから、破損や盗難がないように気を配る。

夜は百姓の中から数人を番人に雇って泊まらせた。自らが番小屋で一夜を明かすこともあった。

船からの荷下ろしや荷積みは、百姓たちにとって貴重な日銭を稼げる場所になっている。誰もがやりたがる仕事といってよかった。しかし一部の決まった者だけにやらせるわけにはいかない。それでは銭を得られない者たちから不満の声が上がる。

「まんべんなく、百姓たちには役目を与えよ」

正紀から命じられていた。

したがって河岸場のある村だけでなく、近隣の村の男たちにも交代で荷運びをやらせた。女たちの物品の販売も、村ごとに日にちを決めた。

ただ河岸場のある村には、役目を多めに割り振った。用地の拠出をしたわけだし、事があれば真っ先に駆けつけなければならないという役目も担わせていた。

これら賃仕事を割り振るのも、納屋番である利之助の任務だった。

「河岸場が賑わえば、藩財政は潤う。しかしそれだけではだめだ。百姓たちの懐も潤さなくてはならぬ」

というのが正紀の方針で、利之助はこれを頭に入れて事に当たっていた。

河岸場へ、配下の藩士二名を伴った中年の侍がやって来た。中老の河島一郎太である。

「異状はありませぬ」

馬から下りた河島に、利之助は頭を下げて報告をした。河島は郷方《ごうかた》の藩士と共に月に一度、領内の各村を回る。一揆を示す筵旗《むしろばた》を立てられた苦い経験があるから、百姓たちの暮らしぶりを河島は自らの目で確かめた。

「今年は、五公五民を四公六民に戻した。百姓たちは満足をしているようだ」

「何よりでございます」

橋本家も微禄だから、米一升でも実入りが増えるのはありがたい。百姓も同じだと、日々接することが多い役目だから膚で感じた。

「村を回るとな、孝姫様ご誕生の祝いの品を手渡される。草鞋《わらじ》五十足や藁茣蓙《わらござ》二十枚、麦一俵ということもあるが、これは百姓たちの思いだ」

「ご誕生を、喜んでいるわけでございますね」

孝姫が生まれたことは、国許にも伝えられている。精いっぱいの品だから、藩では喜んで受け取った。その内容については、些少《さしょう》な品でも江戸の正紀のもとへ報告がなされる。

「今日は、江戸の船問屋福川《ふくかわ》屋の荷船が運ぶ油が入るはずだ。初めて納屋を使うことになる相手だ。踏まえておくように」

納屋の荷の出し入れについては、陣屋から伝えられてくる。新規の船問屋の仕事なので、河島はわざわざ口にしたのだ。

「ははっ」

言い残すと、河島は村廻りに向かった。利之助は、その後ろ姿を見送る。

河島は城代家老に次ぐ藩の重臣だが、身分の低い家臣にも気さくに声掛けをする。

それは正紀と同じだった。

高い地位にいる者から声掛けをされることは、励みになる。

そして正午近くになって、菜種《なたね》油百樽と木綿二百反を積んだ福川屋の二百石船栃尾《とちお》丸が高岡河岸に到着した。帆はすでに下ろされている。接岸したところで、利之助は船着場に出た。

荷下ろしをする百姓たちも顔を揃えていた。食い物や飲み物を売ろうという女たちもやって来ている。

栃尾丸の船頭は、留助《とめすけ》という三十代後半の日焼けした鷲鼻《わしばな》の男だった。

「荷の受け取りをおねげえいたしやす」

高岡河岸で下ろすのは、菜種油百樽である。木綿の荷はさらに先まで運ぶらしい。

「荷主は江戸の郷倉屋さんで、三日後に霞ケ浦と銚子方面に運び出すそうです」

河岸の納屋には三日置くという話は聞いていた。樽を検めた。樽には大坂堺《さかい》の油問屋淡路《あわじ》屋の屋号が記され、『極上』という焼き印が捺されている。下り物の中でも高品質なのは、見ただけで分かった。

「これを」

留助が荷送り票を差し出した。そこには日付と共に、『大坂堺淡路屋よりの極上菜種油百樽　山野辺蔵之助様お口利き』と記されてあった。

「ほう」

山野辺蔵之助の名は、正紀が昵懇《じっこん》にしている人物として耳にしていた。福川屋については河島からも念押しされていたので、疑うことなく受け取った。

「荷を下ろせ」

利之助は、待機していた百姓たちに指図《さしず》をした。接岸された船に板を渡す。百姓たちが船に乗り込むと、樽を運び出し納屋に納めた。酒樽と同様で、重く持ちにくい。渡された板は、人が乗るたびに軋み音を立てた。

「落とさぬように気をつけろ」

と利之助は声を上げた。受け取ってから手渡すまでは、預かった高岡藩に管理責任がある。

百姓たちは足を踏みしめ、慎重に運ぶ。しくじっては次に利用する者が減る。誰もがそれを分かっていた。

「間違いなく、百樽あったぞ」

数の確認をしてから、利之助は言った。

「ではこちらを」

留助が差し出したのは受取証だった。手渡しながら言い足した。

「このうちの二樽は、山野辺様から高岡藩へのお祝いの進物でございます。お納めくださいますようにという言付でございます」

「山野辺様からか」

少し驚いた。下り物の菜種油は、極めつけの高級品だ。それも二樽である。孝姫様が生まれ、高岡河岸の納屋の新築を祝うにしても、通常の進物としては高価すぎると感じた。

ただ正紀と山野辺の関係については耳にしているので、こういうこともあるのかもしれないと利之助は考えた。

高岡で山野辺の名を聞くのは珍しいが、信頼の置ける名であるのは確かだった。

そこで菜種油の荷受けの書類は二通になった。

一つは九十八樽の預かり証で、もう一つは祝いの品としての二樽の受取証である。九十八樽の方は、荷主郷倉屋に対してのもので、日付と『高岡藩納屋受掛橋本利之助』と署名をし、受け入れた証として『高岡藩納屋番』の印を捺した。二樽の祝いの品についてては、『山野辺蔵之助様から大坂堺淡路屋よりの菜種油二樽』を受け取ったと記された紙片に日付と署名、押印を行った。

船頭や水手《かこ》たちは、河岸で昼食をとった。村の女が、握り飯や茶、饅頭を売った。

「それではこれにて」

船頭や水手を乗せた栃尾丸は、高岡河岸を発って行った。

進物の二樽の菜種油は納屋から荷車に載せ、百姓を使って陣屋へ運んだ。

「さようか」

陣屋では、役目の者が通常の寄贈の品と同様に綴りに記載した。河島にも伝えられた。

「山野辺殿は、国許へまで。ご丁寧なことである」

河島は言った。二樽は、藩庫に納められたのである。この綴りは江戸藩邸にも回されるが、月に一度のことでまだ先だった。

そして三日後、大坂からの下り物の菜種油九十八樽は、高岡河岸から霞ケ浦と銚子方面へそれぞれ運び出された。ここまで運んできた福川屋の荷船ではない。利根川の下流を中心に行き来をしている船だ。すでに江戸で、売り先が決まっているものと思われた。

利之助は、船頭から荷の受取証を得ている。

下り物の菜種油百樽の件は、この段階で利之助の手を離れた。納屋にはまた新たな荷が、運び入れられてくる。

三

登城した正国は、奏者番の役目で多忙だと聞いている。しかし屋敷に残る正紀も、暇なわけではない。不在が多い正国の代わりに、藩主としての役目を正紀が引き受ける。訪れた客との対面も少なくなかった。

年上の客、初めての客は、身分にかかわらず気を使う。

そこへ山野辺が訪ねて来たと知らされた。植村から、外出の際ばったり山野辺と会って、孝姫が生まれたことを伝えたという話は聞いていた。

「いや、目出たい」

山野辺は、出産祝いの品を持参して訪ねて来たのだ。客間で向かい合って座った。

祝いの品は、白絹三反と昆布だった。町奉行所の与力として、妥当な品だと思われた。正紀は喜んで受け取った。

「赤子は可愛いぞ」

相手は山野辺だから、思ったことをそのまま口にする。

「実はおれも、祝言が決まったぞ」

孝姫の話をした後で、山野辺は言った。だいぶ照れくさそうにしているが、そこに喜びが潜んでいる。

「どのような娘ごか」

「綾芽どのという」

祝言を決めるに至った顚末《てんまつ》を聞いた。

「母上殿の眼鏡に適ったのならば、間違いはあるまい」

正紀が頭に浮かべたのは、山野辺の母甲のことだ。今尾藩邸で部屋住《へやずみ》だった頃、何度か八丁堀の屋敷へ行って顔を合わせた。汚れた足で屋敷に上がって、二人で叱られたことがある。大名家の子弟でも、遠慮はなかった。

「気の強い性質《たち》か」

そうでなければ、甲には太刀打ちできない。ちらと京のことが頭に浮かんだ。

「まだ、はっきりは分からぬ。しかし気働きの利く娘ではある」

崩れそうになった塩俵の話をした。正紀にとっては、たいした話ではないが、満足そうな口ぶりだった。山野辺が、嬉しそうに娘の話をするのを聞くのは初めてで、その方が驚いた。

心から祝福をした。

「しかしな、女子《おなご》というのは扱いが難しいぞ。心してかからねばならぬ」

正紀は少しばかり先輩ぶって言った。

その後で、蓬莱屋庄九郎と郷倉屋庄吉兄弟の話になった。二人は荷を隠すことで繰綿相場を操作し、不当な利益を得ようとした。悪巧みは露見、二千五百貫の繰綿を取り上げられ、六十日の戸閉《とじめ》と五十日の手鎖となった。さらに庄九郎は、十組問屋《とくみどいや》の肝煎《きもい》りを辞めさせられ、大名家の御用達商人からも外された。

「その後どうしているか、折々様子を見に行っている」

山野辺は言った。

「失ったものは大きいが、なかなかの分限者《ぶげんしゃ》であるのは確かだから、再起を図っているのではないか。心を入れ替えるなどはあるまい」

「今はおとなしくせざるをえないが、何を企んでいるか知れたものではない」

「うむ」

「恨まれているのは、高岡藩だけではない。おれもだ」

山野辺は真顔で言った。兄弟を舐めてはいない。二人の背後には石川総恒がいる。娘の話をしていたときとは別人の顔だ。

「それで変わりはないか」

正紀も、気になっていた。様子を見に行きたかったが、自身ではなかなか行けなかった。山野辺の話を聞けるのは幸いだった。

「戸閉になっているから、新たな商いはできぬ。しかし戸閉になる前の日付の商い、すなわちすでに約定《やくじょう》を交わした仕入れや販売は、店の外でやっている」

「仕入れる方も、荷が入らなければ困るわけだからな」

「そういうことだ。さすがに手鎖の庄九郎や庄吉は外に出ないが、番頭や手代が動いている。郷倉屋では、庄吉の倅吉也《きちや》が商いを引き継いでいる」

郷倉屋は、幕府の油漆《うるし》奉行の御用を受けているが、この役は今回の荷運びが終われば打ち切られる。当然の話だ。

「戸閉や手鎖となれば、商いを続けようという店は少なかろう。油漆奉行だけではなく、今までの取引先を多数失うことになろう」

「もちろんだ。新規の客などつくはずもなく、蓬莱屋と郷倉屋の商いは苦しい」

すぐにではないにしても、どちらもいずれ潰れるのではないかというのが町の噂《うわさ》だという。

「しかし庄九郎が、手をこまねいているとは思えぬぞ。庄吉にしてもそうだ」

「何か企んではいるだろう」

正紀の言葉に、山野辺が応じた。

「我らへの復讐だな」

「それもあるだろうが、商いを立て直さなくてはなるまい」

ただ兄弟が何を考えるかは、見当もつかない。ここで山野辺は、片膝《かたひざ》を前に出した。

「どうしても、腑に落ちないことがある」

祝いの品を持ってくるだけでなく、このことも伝えたかったようだ。

「庄九郎と庄吉は、義絶の届を出していたぞ」

自身番《じしんばん》へ調べを入れたことで知ったという。

「何のために、そのようなことを」

確かに納得がいかない。ここは兄弟として、力を合わせて困難を乗り切ろうとするのが普通だろう。もともと兄弟仲はよかった。郷倉屋が商いの幅を広げられたのは、庄九郎の後ろ盾があったからに他ならない。

「仲たがいでもしたのか」

正紀は問いかける。

「そう思ったが、どうやら違うようだ。蓬莱屋では何人かの奉公人を辞めさせたが、郷倉屋の手代仙吉《せんきち》と小僧一人は新たに雇っている」

不仲ならば、そのような真似はしないだろう。

「郷倉屋は、なぜ仙吉らに暇を出したのか。そこは気になるな。使える者に暇を出すまいし、使えない者ならば雇い入れまい」

そこで井尻と植村を呼んだ。井尻は繰綿相場で、値動きを追うために何度も郷倉屋へ足を運んでいる。また植村は、井尻の動きを探るために、郷倉屋へ調べに行ったことがあった。

「それがしは庄吉だけでなく、若旦那の吉也や仙吉とも話をいたしました。私に空売《からう》りをさせたしたたかなやつらでございまする」

その折を思い出したのか、井尻は腹立たしげな顔つきになって言った。

「拙者も、吉也や仙吉の顔は見ました。話はしませんでしたが、狡賢《ずるがしこ》そうなやつらでした」

植村もそう言った。

二人だけの意見だが、仙吉はそれなりに使える者のように感じた。ただそうなると、義絶と同様に、なぜ暇を出したのかが分からなくなる。

「もう少し調べてみよう。まだ何事も起こってはおらぬが、知らぬ間に罠に嵌まっていたら厄介《やっかい》だからな」

「そうしてもらえると、ありがたい」

同じ危惧が、正紀にもあった。話が済むと山野辺は、引き上げていった。

蓬莱屋や郷倉屋の動きは気になるが、山野辺の縁談がまとまったのは、目出たいことだった。正紀も祝いの品を贈りたかった。

すぐにも持参したいところだが、執務の途中で離れることはできない。そこで井尻に祝いの品を手配するように命じた。

「山野辺様の祝い事では、吝《しわ》いまねはできませぬな」

井尻は、高岡藩の御用達の下り酒問屋丹波《たんば》屋から、三升の角樽《つのだる》を届けさせることにした。奮発はしたが、とんでもない出費ではなかった。

四

翌日の正午近く、それまで来客の応対をしていた佐名木が、正紀の御座所へやって来た。

「大御番頭《おおごばんがしら》を務める、蜷川讃岐守《にながわさぬきのかみ》様の用人が参っておりました」

親しい間柄ではないが、家禄七千石の大身旗本なのは知っていた。蜷川の顔は、尾張藩邸で見た記憶がある。

「面倒なことでも、申してきたのか」

「そうではございませぬ。孝姫様の、ご縁談でございまする」

「な、何だと」

耳を疑った。孝姫はまだ、生まれて一か月しかたっていない。佐名木は淡々とした口調で続けた。

「蜷川家には、二十五歳になる跡取りがあって、その方には三月《みつき》前に男児がお生まれになったとか」

「その若殿と孝姫を、許嫁《いいなずけ》にしようという話だな。ずいぶんと手回しのよい話ではないか」

呆れている。いくら何でも、という気持ちだった。

「いや、珍しい話ではございませぬ」

佐名木は真顔で応じた。受け入れる受け入れないは別として、幼いうちから許嫁を決める話は、そういえばどこかで聞いた気がした。自分の子どもだから、とんでもない話だと感じたのかもしれなかった。

「しかしなぜ、当家に」

一万石の小大名で、藩財政は火の車だ。そんな家からでは、さしたる持参金も期待はできない。

「よほど裕福に見えるのであろうか」

「そうではないでしょう」

七千石の旗本は、一万石の大名家よりも格式は落ちるが、置かなければならない家臣は少なくて済む。体面を保つための費用も大名家ほどはかからない。したがって七、八千石ほどになれば、一万石の大名家よりも内証は楽だというのは誰もが感じていることだった。

「蜷川家は、豊かなのか」

「困ってはいないでしょう。狙いは、銭金ではありますまい」

「では、何か」

「当家の姫を迎えれば、尾張徳川家と縁続きとなりまする」

佐名木は迷うふうもなく口にした。

「そういう狙いか」

得心のゆく話だった。許嫁とする利は、あることになる。目のつけようと、動きの早さに感心した。

昼下がりになって、正紀は竹腰家へ挨拶《あいさつ》に出向いた。兄の睦群は尾張藩上屋敷へ出ていたので、正紀は実母の乃里《のり》と対面した。

竹腰家は、代々尾張徳川家の付家老を務める家柄だった。したがって家督を継いだ睦群は、尾張藩上屋敷に出仕していた。藩邸には、幕閣だけでなく諸大名や旗本たちの様々な情報が入ってくる。睦群は嫌でもその知らせに関わるから、世の動きには精通していた。

その情報に、正紀は助けられることが度々あった。

しかし今日は、母と対面する。久しぶりだ。すでに赤子ができたことは伝えてある。祝いの品ももらっていた。

「姫でもよいではないか」

男子《おのこ》がよかったという声は今でもあるが、母は喜んでくれた。

「ははっ」

「そなたも、父じゃの」

しみじみとした目で見られた。京と孝姫の暮らしぶりを話すと、しばらくしたら、京と孝を伴って訪ねて来るようにと告げられた。

「早く会いたいものです」

血の繋がった孫娘を思う気持ちが伝わってきた。だが、その次に出てきた言葉は、思いがけないものだった。

「脇坂《わきさか》家の縁者に、ふさわしい若殿が生まれたところです」

一呼吸するほどの間、何を言いたいのかと迷って、許嫁の話だと気がついた。

播磨龍野《はりまたつの》藩五万一千石脇坂家は、母の実家である。脇坂家と井上家、ひいては尾張徳川家との繋がりを踏まえての言葉だった。

乃里は孫娘の誕生を喜んだが、それと許嫁の問題は、別物らしかった。大名や旗本家としては、当然の発想なのだと思われた。

正紀と京も、二つの家の話し合いの中で結ばれた縁だった。これには尾張徳川家も絡んでいる。山野辺の縁組とは事情が違った。

「それは、何よりの話でございます」

曖昧《あいまい》な返答をした。

母乃里と四半刻（三十分）ほど話をした正紀は、今尾藩邸を出た。その足で市ヶ谷《いちがや》の尾張徳川家の上屋敷へ向かった。今日の外出の主目的はこちらだった。

伯父でもある宗睦に、出産の報告をするためである。伯父甥とはいっても、身分の隔たりは大きいから、目通りをするのは年に何度かのことだ。遠くから、顔を見るだけのこともある。

尾張徳川家の出でありながら、義父の正国は一万石の小大名家の婿となった。同じ兄弟でも兄の勝起は三万石の今尾藩竹腰家に、弟の政脩《まさのぶ》は日向延岡《ひゅうがのべおか》藩七万石の内藤《ないとう》家の婿になった。血筋で考えれば、正国はもっと高禄の家へ婿に入ることができた。しかしそうはならなかった弟を、宗睦は不憫に思っている気配があった。

大坂から江戸に戻った折に、奏者番の地位に就けるために働いたのは、その気持ちがあったからではないかと正紀は推察している。

正紀に対しても、伯父は好意的だった。優しい言葉をかけるような人物ではないが、正国と同じように一万石の婿になった甥を気にかけている節があった。井上家に婿に入る前に、高岡河岸の護岸工事のための杭二千本を出してくれた。

そのお陰で、堤は整備された。

対面の席には、兄の睦群も同席した。

「武家は男子が生まれるのをよしとするが、それだけではない。女子が生まれるのも、御家や一門としては喜ばしいことだ」

正紀の報告を聞いて、宗睦は言った。不機嫌な顔ではなかった。

「その方はまだ若い。いずれ健やかな跡取りができるであろう」

男児ができることを前提にして、宗睦は話していた。

正紀は孝姫が健やかに育っていることと、早くも蜷川家から許嫁の話が来たことも伝えた。宗睦も睦群も、孝姫が生まれたことを喜んでくれたが、その喜び方は、乃里とは明らかに違った。

許嫁の話になった。

「蜷川は、抜け目のないやつだな」

宗睦は言ったが、けしからんという顔ではなかった。

「他にも、ふさわしい者があるやもしれませぬ」

睦群が応じた。

「一門の絆を深める姫じゃ。慎重に考えねばなるまい」

どこの大名家や旗本家と縁続きになるか。さらに縁を濃いものにするか。尾張一門としては、どうでもいい話ではない。一門の勢力を、盤石《ばんじやく》なものにするという狙いが根底にある。

孝姫の許嫁は、井上家や正紀が勝手に決めてよいものではないのだと感じた。

宗睦は、正国や正紀に情を持って接しているが、それだけではない。一門の勢力強化に役立てたいとする、政治家としての思惑も備えていた。

そしてここで、宗睦は正国が奏者番に就任した折の話を始めた。

「正国の他に、ぜひにと名の挙がった者がいた。下館藩二万石の当主石川総弾だ。石川家一門の石川総恒が推していた。もちろん伊勢亀山藩六万石の石川総博もだ」

「石川総恒殿が、とりわけ強く推しておりましたな」

宗睦の言葉に、睦群が続けた。

「総弾は有能だが、飢饉で疲弊した下館藩を立て直さなくてはならぬ。奏者番就任はそれからで充分だ。しかし総恒は急いだ」

「さようでございます」

これは正紀も思っていた。

「あやつは無茶をして、墓穴を掘った」

「…………」

返答はしなかったが、頷きを返した。

「ただ逆恨みはあるやもしれぬ。総恒はしぶといぞ。足をすくわれぬようにいたさねばならぬ」

宗睦は言った。同感だという顔で、睦群も頷いていた。

五

「ごめんくださいまし」

八丁堀の山野辺屋敷に、霊岸島《れいがんじま》の下り酒問屋丹波屋の番頭がやって来た。これまでに出入りのない商人だったが、下総高岡藩の御用を受ける者だというので山野辺は会うことにした。

朝、町奉行所へ出かける間際のことだった。

「この度は、まことにおめでとうございます」

と番頭は口上を述べ、小僧が荷車で引いてきた四斗《しと》の酒樽と三升の角樽を差し出した。角樽には、井上正紀からの品であることを伝える熨斗《のし》がついていた。四斗樽の方にはない。

「どちらも剣菱《けんびし》ですね」

灘の下り物だ。母甲と妹の弓も目を瞠《みは》っている。安くはないぞと思いながら、山野辺は四斗樽を見た。

「お納めくださいませ」

番頭はもみ手をしながら言ったが、三人は顔を見合わせた。

「角樽はともかくとして、四斗樽というのは大袈裟《おおげさ》ですね」

「受け取ってよいのでしょうか」

甲と弓が言った。

「婚約の祝いならば、角樽だけでよいのではないか」

山野辺は呟いた。通常の祝いの品ならば、それが妥当なところだ。四斗の下り酒は、明らかにやり過ぎだ。

「一つは出産祝いのお返し、もう一つは婚約祝いということでしょうか」

「角樽は正紀どの、四斗樽は高岡藩からの祝いかもしれません」

甲の言葉に、山野辺は返した。これまで、正紀や高岡藩のために力を尽くしてきた。おそらく正紀は、友としての長い交誼をふまえ奮発したのだろうと考えた。それならば遠慮はいらない。

二つの酒がどういう意味なのかは、後日正紀に会ったときに聞けばいい。

「よし。受け取ろう」

受取証に署名をして、番頭に手渡した。

北風が木々を揺らしている。麴町《こうじまち》の旗本屋敷の庭では、枝や葉の擦れる音だけが聞こえる。

広大な旗本屋敷の一室に、三人の男が集まっている。行燈《あんどん》の明かりが、三人の横顔を照らしている。床の間を背にして座っているのが主人の石川総恒で、残りの二人は手鎖をつけられた、蓬莱屋庄九郎と郷倉屋庄吉である。

向かい合う三人の間には火鉢が置かれ、赤々とした炭が埋《い》けられていた。

「そうか。高岡藩も山野辺家も、進物の品を受け取ったのだな」

庄吉の話を聞いた総恒が、満足そうな顔で言った。

「さようでございます」

頷いた庄吉が手を動かしたので、鎖がじゃらりと小さな音を立てた。この音とまとわりつく鉄の感触は不快だが、もうしばらくの辛抱だと庄吉は思っている。そのまま言葉を続けた。

「高岡河岸の納屋番は山野辺を、山野辺は高岡藩や井上正紀をそれぞれ信頼しています。ですから品を受け取ることに、躊躇《ためら》いはなかったようです」

「愚かなやつらだ」

庄九郎が嗤《わら》った。

「下り物の菜種油二樽にしろ、四斗の剣菱にしろ、通常の進物としては高直で怪しむのが普通です。受け取らないのではないかと案じました」

「そこで工夫をしたわけだな」

総恒が、先を促す。

「まずは高岡藩が進物を贈る際に、どこの店を使うか聞き出しました。中間《ちゅうげん》に銭を摑ませてのことでございます」

丁寧な仕事をしたという自負を、庄吉は持っていた。

「闇雲《やみくも》に贈っても、突き返されるだけだからな」

「しかし幸いなことがありました」

「何か」

「初めは分からなかったのですが、聞き込むうちに分かりました。井上家にも山野辺家にも祝い事がありました」

井上家では正紀と京の間に姫が生まれた。そして山野辺家では蔵之助の縁談がまとまった。その二つを、庄吉の倅吉也と手代の仙吉が聞き込んできた。

「さらに調べると、正紀は御用達の下り酒問屋丹波屋から、祝いの角樽を贈ることが分かりました」

「一緒に運ばせたわけだな」

「さようで。山野辺は、正紀と高岡藩からの品と考えたようでございます」

「上出来だ。祝い事に浮かれている隙をついたわけだな。吉也の知恵がまさったといえよう」

「高岡河岸の納屋番も、山野辺の名に惑わされたようじゃな。そちらも脇が甘かったことになる」

「さようで。これをご覧ください」

庄九郎が手鎖を嵌めた手で、懐から三枚の紙片を取り出した。

「どれどれ」

総恒が受け取って目を通した。菜種油二樽の受取証と九十八樽の預かり証、そして四斗の剣菱《けんびし》の受取証である。それぞれに署名があった。菜種油の方には、印まで捺してある。

高岡河岸のものは、運んだ荷船の船頭留助から、山野辺家のものは丹波屋の番頭から受け取った。

船頭も番頭も、運んだだけで事情を知らない。

「これは、動かぬ証拠になるな」

「まことに」

紙片を返された庄九郎は、大事そうにたたんで懐に入れた。

「いよいよあやつらに、一泡吹かせてやれるぞ」

総恒はほくそ笑んだ。

「泥を被るのは、こちらでございます。それをお忘れになっては困ります」

そう告げたのは、庄吉だった。凄みを利かして口にしていた。

手鎖の上に戸閉の身となっている。そんな中でも、倅吉也を使って危ない橋を渡っているのは自分だ、という気持ちが庄吉にはあった。高岡河岸へ送った下り物の百樽は、郷倉屋が大坂堺の油問屋淡路屋から仕入れた菜種油だった。

「分かっておる。その方らの店は、我が石川家だけでなく亀山藩石川家も盛り立ててまいるぞ」

総恒は庄吉をなだめるように返した。

六

山野辺は、見廻りの合間を見て、汐留《しおどめ》川河岸の郷倉屋へ足を向けた。正紀から祝いの酒が届いて、三日目のことである。年末用の荷が届き始めて、勝手な荷積みをする店が増えてきた。その対応で、なかなか暇を取れなかった。

朝から曇天で、吹く風はめっぽう冷たかった。

「襟巻《えりまき》をして行きなさい」

出がけに、母の甲に命じられた。手渡されたのは、新しい品だった。

「それは綾芽さまがお縫いになったものですよ」

妹の弓が言った。どこか恩着せがましい口ぶりだった。

「おお、そうか」

改まった気持ちで受け取った。丁寧に縫ってある。

首に巻いてみると、こそばゆい。濃さの違う紺の縞柄の絹物で、とても暖かかった。

汐留川を吹き抜ける川風はひときわ冷たいはずだが、山野辺は寒さを感じない。歩きながら、何度も襟巻に手を触れた。

郷倉屋の建物の前に立った。活気のある賑やかな表通りだから、そこだけぽつんと穴が開いたように見える。

店の屋根には、『諸色問屋郷倉屋』という看板が出ている。

手代の仙吉ほか、奉公人の何人かは蓬萊屋へ移ったり、暇を出されたと聞いたが、商いを再開するつもりならば、人はいるはずだった。

「おかしいぞ」

建物の周囲を歩いても、人の気配を感じなかった。

「郷倉屋には、人がいないようだが」

山野辺は隣の種苗《しゅびょう》問屋の手代に問いかけた。

「はい。どうも様子が、昨日までとは違います。今日は出入りをする人の姿を見かけません」

昨日までは、出入りする跡取りの吉也や小僧の姿を目にしたとか。

「この数日、変わったことはなかったか」

「家財の持ち出しは、昨日まで少しずつありました。内証が厳しくて、売っているのではないかという噂はありました」

「おかみの姿はどうだ」

「そういえば、もう五日くらいは見ませんね」

異変が起こっていると思うから、山野辺は自身番へ行って状況を聞くことにした。

「郷倉屋だが、人の気配がないぞ」

居合わせた書役《かきやく》と大家に問いかけた。

「あの店と土地は、売られました」

今朝、庄吉が届けに来たという。

「まことか」

これには魂消《たまげ》た。予想もしなかった。手鎖や戸閉が解けたら、また阿漕《あこぎ》な商いを始めるものだとばかり思っていた。

「悪評が立って、もうここでは商いができないと見切りをつけたようです。この地を離れると話していました」

移り先は、改めて知らせに来ると伝えたそうな。

「あまりに急なので驚きました」

書役の言葉を受けて、大家が言った。

「土地と建物を買ったのは、どこの誰だ」

「はい。日本橋北鞘《きたさや》町の諸色問屋紀州《きしゅう》屋さんです」

その足で、北鞘町の紀州屋へ行った。日本橋に近い、重厚な建物が並ぶ界隈だった。

紀州屋はその中でも、大店《おおだな》といっていい構えの店だった。

応対をしたのは、初老の番頭だった。

「私どもの店で、土地と建物を買いました。分家の店を出すという話がありましたので、都合のいい物件でした」

番頭は言った。山野辺はさらにその経緯を聞いた。

「前から郷倉屋さんとは、顔馴染《なじみ》でした。同業の寄り合いなどで、顔を合わせていました。ある日いきなり吉也さんが訪ねてきて、土地と建物を買って欲しいという申し出がありました」

そこで主人と番頭が、郷倉屋まで出向いて話をつけた。話がまとまったのは、四日前だったとか。

不名誉なことがあったから、得意先がどこまでついてくるかは分からないが、そのまま譲ると言った。

「郷倉屋さんは、お上の油漆奉行の御用も受けていました。これに関しても刑が決まるまでに受けた注文はやると話していました。大坂から菜種油百樽がそろそろ届くという話でした」

油漆奉行の御用は、これが最後になる。それだけでなく、得意先のほとんどが離れてゆくだろうことは目に見えていた。それでも汐留川に面した店舗は、紀州屋にとっては魅力的だったらしい。

「売値は安くはありませんでしたが、取り立てて高くもありませんでした」

沽券《こけん》（土地、家屋敷の売り渡しを証する書面）と金子のやり取りは、昨日のうちに済ませたそうな。

「店を手放した後のことを、話してはいなかったか」

当然、問いかけたはずだ。

「場所を変えて、別の商いをすると仰っていました。あの庄吉さんと吉也さんならば、きっとうまくやるのではないでしょうか」

紀州屋の番頭はそう言った。

ここまで分かったところで、山野辺は高岡藩上屋敷に足を向けた。贈られた酒の礼と、庄吉と吉也の動きについて、伝えるつもりだった。

正紀は、訪ねて来た山野辺と会って、話を聞いた。まず耳にしたのは、祝いの酒についてだった。

「待て。四斗の下り酒など、贈ってはおらぬ。丹波屋に持たせたのは、三升の角樽だけだ」

「ええっ」

山野辺は仰天したような声を上げた。しかしすぐに、得心した顔になった。婚約の祝い品としては、高価すぎて不釣り合いなのは明らかだ。

「誰が贈ったのか」

「抜かった。高岡藩からだと思ったので、あえて尋ねなかった」

顔に焦りの色が浮かんでいる。贈り主の分からない四斗の下り酒を、受け取ってしまったことになるからだろう。気味悪く思うのも当然だ。

そして庄吉が、店と土地を手放したことを伝えられた。これも思いがけない話だった。

「四斗の下り酒と店を手放したことは、繋がるのか」

山野辺が言った。しかしそれは、今の段階では何ともいえない。

「ともあれ、贈り主が何者か確かめねばなるまい」

正紀は言った。

この件は捨て置けない。急ぎの執務はなかったので、正紀は山野辺と共に、霊岸島の下り酒問屋丹波屋へ行って事情を訊くことにした。

丹波屋は、高岡藩御用の店である。正紀が名乗ると、店の裏手にある商談用の畳の間に通された。相手をしたのは、祝いの酒を運んだ番頭だった。

「贈り主は、芝口《しばぐち》一丁目の郷倉屋様でございます。問われなければ、無理に言わなくてよいというお話でした」

「そ、そうか」

正紀の腹の奥が熱くなった。山野辺の顔はこめかみが引き攣《つ》って、赤くなった。

「品を依頼したのは誰か」

「若旦那で、吉也さんという方でした。たまたま高岡藩からの進物があると話しましたら、一緒に送ればよいと仰いました」

「一緒に送れば受け取ると踏んだわけだな」

正紀と山野辺は顔を見合わせた。二人は驚き訝《いぶか》っている。それに気づいて、番頭は慌てたらしかった。

「何か、まずいことをいたしましたでしょうか」

顔色も変わっている。番頭は依頼を受けたまま酒を運んだに違いない。他意があるとは思えない。

けれども正紀と山野辺にしてみたら、ただ事ではない。郷倉屋からは、恨まれることはあっても、四斗の下り酒を贈られるいわれはないからだ。

「酒を贈るに当たって、高岡藩からの進物と一緒にと言ったわけだな」

「そうです」

「それは、たまたまなどではないぞ」

正紀は胸に浮かんだことを口にした。

「いかにも。丹波屋は、高岡藩の御用達だ。そこから調べたのであろう」

山野辺は、すぐに応じた。

「周到だな」

「郷倉屋は、何を企んでいるのか」

二人は、ただ事ではない気配を感じたのだった。

第二章　ご公儀御用

一

「受け取るいわれのない四斗の下り酒など、すぐにも返さねばなるまい」

「うむ。郷倉屋の企みに、嵌まることになる」

下り酒問屋丹波屋を出た正紀と山野辺は話し合った。

「ともあれ庄吉か吉也を捜し出して、酒を寄こしたわけを話させよう」

山野辺が怒りを堪えながら言った。多少手荒な真似をしてもかまわないという勢いが、正紀にも伝わってきた。

しかし汐留川河岸の店は、もぬけの殻だ。郷倉屋の連中はすでに姿を消している。

「せめて昨日気づいていたならば」

山野辺は悔しがったが、後の祭りだった。

「汐留川河岸から姿を消しても、まだ江戸からは出ていまい。何かを企んでいるならば、なおさらだ。日本橋室町《むろまち》の蓬莱屋へ行ってみよう」

正紀は言った。まさか庄九郎までが姿を消したとは思えなかった。海千山千《うみせんやません》の庄九郎だから正直な話をするわけもないが、ともあれ当たってみることにした。何かが摑めないとは限らない。奉公人ならば、うっかり何かを漏らすかもしれない。そうなれば儲けものだ。

蓬莱屋も、店を閉じている。屋根の看板に、北風があたり寂しげな音を立てていた。建物の周囲は掃除が行き届いていて、空き家になっていないのは明らかだった。

正紀は山野辺と共に、建物の裏側に回った。木戸門を潜って、台所口で声をかけた。女中が奥に伝えた。

「繰綿の件では図らずもご迷惑をお掛けするところだったと聞いております。改めてお詫びを申し上げます。わざわざこのようなところへお越しくださり、恐縮でございます」

手鎖をつけた庄九郎が現れた。身分と名を伝えると、詫びを述べ、丁寧な挨拶をした。そして畳の間に導いた。胸の内は分からないが、あくまでも下手に出るといった態度だった。

「さあ、どのような御用でございましょう」

向かい合うと、何事もなかったような顔で言った。「狸《たぬき》め」とは思うが、こちらもそれを顔には出さない。

「庄吉と吉也が、店と土地を売って姿を消した。存じておろうな」

「さようで」

いかにも驚いたという顔をしたが、演技にも感じた。戸閉になったとき、売りたいと話していたが、その後は知らないと続けた。

「まさか本当に始末するとは考えもしませんでした」

「庄吉とは義絶したというが、そのわけは何か」

事実はともかく、それなりの理由はつけるだろう。

「もちろん、先の一件があったからでございます」

ちらと手鎖に目をやってから、庄九郎は正紀に目を向けた。一瞬、苛立《いらだ》ちらしきものが目に浮かんだが、すぐに消えた。

正紀と山野辺が黙っていると、庄九郎は続けた。

「庄吉は、江戸ではもうやり直すことは無理だと言いました。上方か、どこか他の土地で商いをしたいと。しかしそれは、私の考えとは異なりました」

「その方は、江戸でというわけだな」

「さようで。説得いたしましたが、ついには店と土地を手放すとまで言い始めました。やり合って、勝手にしろという話になりました。しかし本当に手放すとは……」

聞いていて嘘《うそ》くさいとは感じたが、否定しても始まらないので黙って聞いた。店と土地を売った金は、異郷での商いの元手にするという内容だ。

「ならばもう、江戸にはいないのか」

「詳しいことは存じません。今はもう無縁の者となったわけですから」

「しかし、その方は郷倉屋の奉公人を引き受けたというではないか。何らかの話し合いがあったのではないか」

山野辺が食い下がった。このままでは、行方は知らないで終わってしまう。

「本人たちが望みましたので、受け入れました。義絶をした後で、訪ねて来たのです」

仙吉という手代と、小僧一人である。庄吉の依頼ではない。どちらも使える者だと言い足した。

「二人を呼びましょう」

庄九郎は、部屋の外へ向けて声をかけた。

すぐに手代と小僧が現れた。仙吉という手代は、二十代半ばの日焼けした面長の者だった。商人らしい柔らかい物腰だが、芯の強そうな質《たち》に見えた。小僧は十六、七歳で、屈強そうな体つきだ。

「なぜこちらへ移ったのか」

「旦那様ご一家は、上方においでになると仰いました。あちらには、これまでの商いで関わりのあったお店もありますので。ただ私らは、江戸には親兄弟もありますので、ここに残りたいと考えました。それで蓬莱屋の旦那様にお願いをしました」

正紀の問いかけに、仙吉は臆する様子も見せずに答えた。小僧も頷いている。

「今朝から、店には誰もおらぬ。たとえ江戸を出るにしても、いったんはどこかへ身を寄せているやも知れぬ。その場所に心当たりはないか」

仙吉と小僧は、顔を見合わせ首を捻った。そして親しかった店として、二軒の同業だった諸色問屋の名を挙げた。

仙吉と小僧を下がらせたところで、山野辺が切り出した。吉也が丹波屋を通して贈ってきた四斗の下り酒についてである。

「その酒を、引き取ってもらいたい。こちらが受け取るいわれはないからな」

すると庄九郎の表情が、それまでと変わって冷ややかなものになった。

「それはできません。吉也、すなわち郷倉屋が贈った品でしたならば、義絶した私が引き取るわけにはいきません」

きっぱりと言い、そして続けた。

「私どもとは関わりのない話で、山野辺様と郷倉屋との繋がりでございましょう」

嫌な言い方をした。

「繋がりなどないぞ」

「さあ、いかがでございましょうか。四斗樽の下り酒を贈ったということでしたら、よほどのことがあったからだと存じます。私は存じ上げないことではございますが」

「………」

郷倉屋のことは一切関わりがないと、庄九郎は言っている。加えて郷倉屋と山野辺の間に、何かがあるような言い方をしていた。

こうなると、突き返すこともできない四斗の酒樽がさらに不気味な品になった。

釈然としない気持ちを抱えて、正紀と山野辺は蓬莱屋の店を出た。

「庄吉が何かを企んでいるのは明らかだ」

「いかにも。大坂へなど、行ってはいない。それならば、わざわざ酒など贈ってくるわけがない」

山野辺の言葉に、正紀は応じた。ただ何を企んでいるのかは、まだ見当もつかない。

仙吉が名を挙げた、二軒の諸色問屋へ行ってみることにした。すでに夕暮れどきだ。吹き抜ける風が、冷たさを増してきた。

「おい。おまえ、見慣れぬものを首に巻いているな」

正紀は、それが新しい品だとは分かっていた。しかし山野辺が、大事そうに何度も手をやるのに気がついて尋ねた。

「いや、これはな」

山野辺は、表情をわずかに和らげた。

「綾芽殿が縫ったのだ。暖かいぞ」

「そうか」

正紀は、にわかに首のあたりが冷たく感じられた。

教えられた二軒の諸色問屋では、主人と番頭が相手をした。

「ほう。店を手放しましたか」

庄九郎などよりも、よほど驚いた顔をした。しかしどちらも、行方は知らないと言った。

「大坂ですか。ないとはいえませんが、そういう話は聞いたことがありません」

「戸閉が許されても、郷倉屋の商いは厳しくなりますからね。しかしさしたる支度もしないで、いきなり大坂へ行くというのはちと無謀な気がします」

一軒目の番頭と二軒目の主人は、大坂行きについてそう言った。埒《らち》があかなかった。聞き終えたときには、冬の日はすっかり落ちていた。庄吉の企みが見えない以上、身動きが取れない。今日のところは、それで山野辺とは別れた。

屋敷に戻った正紀は、すぐに京がいる部屋へ行った。孝姫の世話は乳母がしているが、一日の大半は、京は孝姫と同じ部屋で過ごしていた。乳も与えている。

正紀が京の部屋に行くと、ちょうど授乳のときだった。

「おいしそうに吸うな」

赤子でも、吸う姿に力強さを感じた。少しの間、それに見惚《みと》れた。

「正紀さまも吸いたいですか」

と京に聞かれて困った。

「いやあ」

頭をかいた。それで正紀は、山野辺が新しい襟巻をしていたことを思い出して口にした。

「山野辺は、綾芽殿が縫った新しい襟巻を首に巻いていた。暖かいとか、申しておった」

羨ましいわけではないが、その言葉が頭に残っていた。

「まあ。よろしゅうございましたね」

京は応じたが、どこかそっけない言い方だった。正紀はそこで、別の話にした。山野辺家に贈られた酒の進物や庄吉の動きについてだ。

「蓬萊屋は、郷倉屋が姿を消すことを知っていたでしょうね」

聞き終えた京はそう返した。正紀と同じ考えだ。

「義絶も、店を手放すこともだろう。酒の進物も、兄弟で企んだのかもしれぬ」

「蓬萊屋は表には出ないで、郷倉屋が裏で悪さをしていそうです」

そして少しの間首を傾げていた京は、はっとした顔になって言った。

「高岡藩や正紀さまに、郷倉屋は何かとんでもない贈り物をしてきてはいないでしょうか」

山野辺家だけではないだろうという考えだ。

「なるほど」

企みがあるならば、井上家にも何か紛れ込ませて贈ってきていると考えてよさそうだった。

そこで正紀は、佐名木と井尻に伝えて、江戸で受け取った進物について調べを入れさせた。

「あっても、おかしくはありませぬな」

佐名木も、一応は帳面に目を通している。しかし漏れがないとはいえない。

井尻はすぐに、進物について記載した帳面を検めた。たとえ半紙一帖であっても、書き残している。

「ございません。孝姫様ご誕生の祝いの品でも、妥当な品ばかりでございます」

蓬莱屋や郷倉屋、さらに怪しげな相手からの進物は見受けられなかった。一安心だった。

二

翌日、高岡陣屋から、国許の状況や河岸場の収支などを伝える文書が届いた。正国の裁可を仰ぐ書類もある。中老の河島がまとめて、藩士が運んで来た。帰路は、江戸からの文書を持ち帰る。

「領内の各村から、孝姫様のご誕生祝いの品が届いております」

文書を処理した井尻が言った。ほくほく顔だ。

その目録に、正紀と佐名木が目を通した。

「麦一俵というのは、奮発したではないか。草鞋五十足は、村の者たちが精を出して編んだのだな」

「年貢率を下げたのが、大きいのでございましょう」

正紀の言葉に、佐名木が応じた。村人からの進物は、気持ちがこもっている。江戸の商人がよこす品よりも嬉しい。

「しかし念のためだ、進物を丁寧に検めろ。高価すぎる品があったら、すぐに伝えよ」

昨夜の、京の言葉が頭にある。

それからしばらくした頃、井尻が国許からの綴りを手にして現れた。

「大坂堺淡路屋よりの下り物の菜種油二樽を、山野辺様より受け取っています」

「何だと」

聞いた正紀と佐名木は顔を見合わせた。昨日は山野辺と会ったが、国許に品を贈ったなどとは一言も口にしていなかった。

「深川《ふかがわ》の船問屋福川屋の栃尾丸という二百石船が運んできた百樽の内から二樽を、山野辺様からとしてよこしたようです」

福川屋は新しい納屋ができて、利用するようになった船問屋だ。店は小名木《おなぎ》川河岸の海辺大工《うみべだいく》町にある。残りの九十八樽は、納屋に三日置かれて運び出されたとか。

「納屋番の橋本は、山野辺からの品ということで受け取ったわけだな」

「そうなります」

下り物の菜種油二樽は、山野辺からの進物としては桁外れに高価な品といっていい。江戸町奉行所の与力が贈るには不自然な品だが、その辺りの事情は、国許の橋本には分からなかったのかもしれない。

納屋の新築がなり、姫まで生まれた。祝い事が重なって、村々から祝いの品が届いていた折も折のことだ。

「それにしても下り物の極上の菜種油二樽というのは、あり得ない話だ。山野辺家に贈られた下り酒一樽と似たようなものではないか」

嫌な予感があった。

すぐに山野辺と会って、確かめることにした。正紀は植村を伴って屋敷を出た。今日は晴天で、日差しが道を照らしている。

立ち回りそうな河岸場を諸所《しょしょ》で聞いて、浜町堀《はまちょうぼり》で山野辺を捜し出すことができた。

醤油樽の荷下ろしの立ち会いをしていた。挨拶もそこそこに、油樽の件を問いかけた。

「そのようなことは、しておらぬ」

即答だった。予想通りだ。

「運んだのは、深川の船問屋福川屋でな」

「それも知らぬ」

となれば、何者かが名を騙《かた》って贈ったことになる。しかも値の張る品だ。

「忌々《いまいま》しきことではないか」

四斗の酒樽と同様、二樽の油樽にも企みが潜んでいる。

醤油樽の荷下ろしが済んだところで、三人で深川へ向かった。歩きながら、高岡河岸であった下り物の菜種油二樽を受け取った詳細を伝えた。

福川屋は小名木川の南河岸にあって、大川《おおかわ》の河口近くに架かる万年橋《まんねん》に立つと、建物と船着場が見えた。帆を下ろした百五十石の荷船が接岸していた。福川屋は、江戸川から利根川を巡る船問屋として、何艘もの荷船を持っていると井尻は話していた。

店の横に、大きな船庫があった。

荷船は航行を終えて帰着したところなのか、水手たちが何か話しながら掃除をしていた。甲板に、ざぶりと水が撒かれた。脇を、材木を積んだ荷船が通り過ぎてゆく。

「話を聞きたい」

三人で店の敷居を跨ぐと、山野辺が声をかけた。相手をしたのは、二十代半ばくらいの歳に見える若旦那で、佐太郎《さたろう》と名乗った。山野辺は腰に十手を差しているし、正紀の身なりも悪くないので丁寧な物腰だった。

「栃尾丸なる二百石船が、関宿《せきやど》経由で高岡河岸まで、百樽の下り物の菜種油を運んだはずだ。それについて、話を聞きたい」

山野辺が告げると、佐太郎は綴りを持ってきて紙を捲った。

「はい。運んでおります」

多少緊張した様子だが、それはいきなり三人の侍が現れたからで、後ろめたさがあるからとは感じなかった。

「荷主は誰か」

大坂堺淡路屋の菜種油なのは明らかだが、肝心の荷主が誰かは分かっていなかった。

「芝口一丁目の郷倉屋さんです。百樽の内二樽は、山野辺様からの進物だと伝えるようにと承《うけたまわ》っております」

やはり、という気持ちだ。正紀の胸の内に、苦いものが湧き上がってきた。山野辺も植村も、不快そうな表情になった。

「贈るわけを聞いたか」

怒りを抑えながら、山野辺が訊いた。

「いえ。私どもは期日を守り、損傷のないように荷を送り届けることが役目でございます。荷にまつわる事情は存じ上げません」

高岡河岸の納屋が受け入れれば、その前後のことは関わりがないという主張だ。すでに輸送の代金も受け取っていると付け足した。

「荷の輸送は、前から決まっていたのか」

「はい。郷倉屋さんの荷は四年ほど前から運んでおります。主に繰綿や木綿が中心でした。油や漆も運んでいます」

「すると淡路屋の菜種油も運んでいたわけだな」

当然のこととして、山野辺は確かめたのである。

「いえ、それは初めてでした。淡路屋さんの品は極上品です。これまでは江戸で売っていたと聞きましたが」

どこで売っていたかは分からない。福川屋では聞きもしなかった。依頼に来たのは、若旦那の吉也だったという。

「また使ってくださいと言ったら、淡路屋さんの荷は、これだけだと告げられました」

今後、江戸では商いをしないという意味があったのかもしれない。そこで正紀が、口を出した。

「郷倉屋は、店を閉じたぞ。庄吉も吉也も姿を消した」

「えっ」

佐太郎は初耳のようで、仰天したらしかった。

「手鎖と戸閉がありましたから、どうなることかと思いましたが」

佐太郎は言った。

「未払いの輸送はないか」

「それはありません。すべてけりがついております」

郷倉屋がなくなっても損害はない。姿がなくなったことには驚いたらしかったが、慌てる気配はなかった。

福川屋は、依頼された品を運んだだけとなる。栃尾丸の船頭留助について訊くと、関宿から利根川を上っていると伝えられた。直に話を聞くことはできなかった。

三

同じ頃、勘定奉行久世広民《くぜひろたみ》の用部屋へ、下役の油漆奉行塩沢脩兵衛《しおざわしゅうべえ》が訪ねてきていた。

「お伝えいたしたきことがございます」

向かい合うと塩沢は、堅苦しいくらい丁寧な物言いをした。

歳は三十九で小柄。勘定方の中では、才気溢れるといった働きぶりではないが、実直で確かな仕事をした。しぶといという評もあった。久世はこの男を、能吏と見て信頼をしていた。

顔つきからして、何か厄介なことがあったらしい。久世は塩沢の次の言葉を待った。

久世は下の者の進言や報告を、きちんと聞く。そしてそのたびに必要な助言と指図をした。有能な勘定奉行として、老中の松平定信《さだのぶ》や松平信明の懐刀と目されていた。

「大坂堺淡路屋より仕入れている菜種油百樽の件でございます」

塩沢は言った。

油漆奉行の役料は百俵で、江戸城内で使用する油や漆類を扱う役職だ。城内では、燈油や賄い方の胡麻《ごま》油まで、多様な油を使っている。時計や鉄砲を磨くための油類の調達と管理も行った。

油は欠かせない物品なので、油漆奉行は、役料は低いが重要な役目といってよかった。

「それがどうした」

「納品予定を二日過ぎても、まだ届きませぬ」

「うむ」

それだけならば、塩沢が処置をすればいい。わざわざ勘定奉行にまで伝えてくる話ではなかった。そもそも城内には、菜種油の備蓄はあるはずだった。急ぐ品ではない。

「納期に遅れる場合には、届を出さなくてはなりませぬが、それがございませぬ」

塩沢が言って、わずかに首を傾げた。連絡をせぬまま遅れれば、御用達から外されるだけでなく咎《とが》めを受ける。ご公儀御用達の座をみすみす捨てるなど、商人としては考えられない話だ。

御用達に加えてほしいという商人は、数え切れぬほどある。珍しいから、久世は塩沢の話に引き込まれた。

「期日の翌日、配下の者を店まで行かせましたが、もぬけの殻でございました」

一日でもそのままにしないのは、担当奉行として当然だ。

「夜逃げでもしたのか」

御用達ならば、それなりの店だと思われる。軽はずみな真似をするわけがないから、得心が行かなかった。

「芝口一丁目の郷倉屋と申す諸色問屋でございます。その店は戸閉となり、主人は手鎖となっております」

塩沢は、繰綿相場の不正について伝えた。

「ああ、あの者か」

それで久世も思い出した。勘定奉行として、腹立たしい事件だった。繰綿は米ほど重要ではないにしても、町人や百姓の暮らしに欠かせないものだから、その値動きには注視をしていた。

十月には不自然な値動きがあり、市場が混乱した。その原因となったのが蓬莱屋と郷倉屋の不正だと報告を受けていた。

「不埒《ふらち》な真似をした郷倉屋ですので、御用達から外すつもりでおりました」

「それは当然だ」

久世は怒りを込めて言った。

「ただ大坂堺の淡路屋からの菜種油百樽については、すでに発注した後の出来事でありましたので、この仕入れだけは行わせることにいたしました」

「それは仕方があるまい」

理由の如何や在庫の有無にかかわらず、江戸城内への納品は決められた通りに支障なく行われなければならない。商人の事情など二の次、三の次だ。久世は言葉を続けた。

「すると御用を請け負っておきながら、品を納めぬまま姿を消したわけだな」

これは単に、百樽の油の紛失という問題ではない。公儀の権威や威光を汚すことになる。

塩沢が、わざわざやって来たわけを理解した。

「荷は、江戸に着いているのか」

「大坂の船問屋富田《とみた》屋の樽廻船が運び、半月ほど前に郷倉屋が受け取っております」

運んだ品を、河岸に捨て置くわけにはいかない。郷倉屋が受け取ったのは間違いないが、品がその後どうなったか、塩沢は摑めていない。

「戸閉が解けても店は、おそらく立ち行かぬと存じます。郷倉屋は油を売って姿を隠す所存かと思われまする」

「分かった。郷倉屋を捜すと共に、百樽の油がどのような経緯で持ち去られたか、探るがよい」

「ははっ」

塩沢は両手を突き、頭を下げた。

油漆奉行としては、まだ郷倉屋に支払いをしていない。代金は年末にまとめて払うことになっている。ただ郷倉屋は、公儀への納品だから、ほとんど利を乗せないで納めているはずだった。同じ品をよそに売れば、公儀に納めるより多くの利を得られる。逃げるにあたって、それを懐に入れようとしたのではないかと塩沢は予想を述べた。

「小狡い商人め。それで済むと思うのか」

塩沢の推量どおりならば、郷倉屋は公儀の威光を汚したことになる。許すことのできない事態といってよかった。

塩沢を下がらせた後で、久世は考えた。

油百樽の損失など、公儀にとっては取るに足りない瑣事《さじ》といっていい。しかし公儀に対する不埒な行いであることは間違いなかった。

老中の定信や信明に伝えておくことにした。二人は公儀の権威や威光が汚されることを許さない。相手が武家であれ町人であれ関係なかった。

その日久世は、他の用事で信明に会った。信明は三河吉田藩七万石の当主でもある。今年の四月に、その才を老中首座松平定信に認められて、老中の座に就いた。切れ者だというのは、幕閣の誰もが認めていた。

「畏《おそ》れ入りまする」

久世は信明に油百樽不明の件について伝えた。

「分かった。顚末を調べ、油を納めさせよ。関わった者はすべて捕らえ、厳罰に処さねばなるまい」

信明は、端整な顔を崩すことなく冷ややかに言った。もちろんこの話は、定信にも伝えられる。

四

福川屋を出た正紀と山野辺、それに植村は汐留川河岸へ戻った。

「郷倉屋の近隣の者や同業の者で、庄吉や吉也の行方を知る者がいるかもしれない。よしんばいなくても、何かの手掛かりが得られるかもしれない」

「山野辺はすでに、庄吉が親しくしていたという二軒の諸色問屋以外の同業者にも当たったが、そこからは何も得られるものはなかったようだ。

「夜逃げのようにしていなくなった人の行方なんて、分かるわけがありませんよ」

「戸閉になってからは、話をするなんてことはなかったですよ。そもそも顔だって見ませんでしたから」

「庄吉さんにしても吉也さんにしても、私たちには会いたくなんてないでしょう」

近所の者は言う。そもそもお上の裁きを受けた身だから、近づこうとする者は少なかった。

奉公人も、一人二人と風呂敷包みを抱えて出て行ったという。

「やめさせられたのか」

山野辺が問いかけてゆく。

「見切りをつけて、やめた人だっていたんじゃないですか」

「あてもなくか」

正紀が口を出した。

「仕方がないでしょう」

蓬莱屋へ移った手代の仙吉や小僧は、運がいい方なのかもしれない。

「やめた奉公人がどこにいるか、分かるならば教えて欲しい」

訪ねて何としても話を聞きたかった。蓬莱屋の仙吉や小僧では、正直な状況は聞けないだろう。

初めの何軒かの者は知らなかった。しかしようやく、常造《つねぞう》という手代が芝露月町《しばろうげつ》の魚油《ぎょゆ》屋へ移っていたことが分かった。

すぐに三人は露月町に向かった。

魚油屋は、郷倉屋と比べれば間口も狭い中どころの店といってよかった。それでもいつ潰れるかもしれない店にいるよりは、はるかにましなのは明らかだった。

敷居を跨いで店に入ると、正紀は魚油のにおいに圧倒された。鼻を衝くにおいで、慣れない者には辛い。植村も顔を顰《しか》めていたが、それで怯《ひる》むわけにはいかなかった。

山野辺が、常造を呼び出した。外は寒いが、通りに出て話をした。戸閉になった直後の様子から聞いた。

「店の戸を閉じたばかりの頃は、店を再開して出直すと旦那さんは口にしていました。でも厳しいのは、小僧に至るまで誰もが分かっていました」

まあそうだろうと思える話だ。

「数日して、旦那さんの考えが変わったみたいです」

まず年寄りの番頭と奉公して間もない小僧二人に暇を出した。そして次に、手代の仙吉と小僧の一人が蓬莱屋へ移った。

「それで残った者たちは、旦那さんが店をたたむつもりだと覚悟を決めました」

「移り先を、それぞれ探したわけだな」

「はい。私はこちらで雇ってもらえて幸いでした」

常造は言った。手代の中には、行き場がなくて油の振り売りを始めた者もいるらしい。

「庄吉や吉也は、高岡藩や山野辺家に恨みを持っていたであろう。そこへ進物をするということは、考えられるか」

手代ならば、繰綿相場との関わりで店に何があったが、おおよそは分かっているだろうと察して問いかけた。

「もちろん、恨んでいると思います。進物などするわけがありません」

「そうであろう」

「ただ町奉行所の与力ですから、何かを企めば、袖の下を贈るかもしれません」

そう言ってから、はっと自分の口を手で塞いだ。問いかけているのが山野辺本人だと気づいているかどうかは分からないが、腰には十手を差している。まずいことを口にしてしまったと思ったようだ。

「気にするな。分かっていることを話せばよい」

軽い口調で山野辺が言ったので、常造はほっとしたらしかった。

「庄吉と山野辺が、つるんで悪さを働くということが、あると考えるか」

怒りはあるに違いないが、山野辺は顔には出さずに問いかけている。

「進物にもよりますが、贈ったのならば何かあったのではないでしょうか」

店にいたときには、その気配は感じなかったとか。ただ事情を知らない者が進物の話を聞けば、常造と同じことを考えるに違いなかった。

「菜種油は、常に仕入れているわけだな」

「堺の淡路屋さんの極上の菜種油は、年に一度だけです。ですが他の油でしたら、年に数百樽は仕入れます。利根川筋の河岸場へ送りました」

諸色問屋だから繰綿だけでなく、油や漆、塩なども仕入れた。

「魚油も扱っていたので、私はその縁でこちらへ移りました」

庄吉がここの主人に声掛けをしたとか。そのせいか、取り立てて悪くは言わなかった。

庄吉はほとんど外へは出なかったが、まれに日が落ちてから外出することがあった。

一方、倅の吉也は毎日のように外出していたと付け足した。明るいうちに、手鎖で外に出るのは憚《はばか》られる。夜間にそっと出かけるのは、当然だろう。

「蓬莱屋に、悪事の打ち合わせにでも行ったのではないか」

常造を店に戻した後で、山野辺は言った。植村が大きく頷いた。

店を出た手代で油の振り売りを始めたのは、梅次《うめじ》という者だった。常造から、芝増《ぞう》上《じょう》寺門前あたりを流していると教えられた。

増上寺門前界隈は、暑かろうが寒かろうが賑わっている。露店の親仁や木戸番、荷運びの小僧などに問いかけて、梅次の姿を捜した。そして油の入った一斗樽を背負った、二十歳《はたち》を一つ二つ過ぎた年頃の男を見つけることができた。

「はい。私が梅次です」

四角張った顔で、頬に面皰《めんぼう》の跡があった。

「商いは、うまくいっているか」

「さあ」

笑顔にはならなかった。振り売りを始めて、まだ半月だ。慣れてはいないだろう。

「郷倉屋が店を売って、庄吉と吉也が姿を消した。それについて、話を聞きたい」

「そうですか。やっぱり」

山野辺の言葉に驚く様子もなく、梅次は返答をした。

「店を続けたって、どうせうまくいかない。それであるだけのお足を持って、姿を消したんですよ。知らない場所で、何か始めるつもりではないですか」

と続けた。どこか恨みがましい口ぶりに聞こえた。

「おまえは店を出るにあたって、奉公先の世話はしてもらわなかったのか」

「もらいませんよ。涙銭をよこして、どこにでも行けといった感じでしたね」

「小僧で店に入ってからの、これまでの奉公が無になったわけだな」

「そうですよ。もともとあの人たちは、阿漕な人たちでした。だから戸閉になんかなったんです」

悪口を言った。常造とは、様子が違う。庄吉の強欲さのお陰で自分までが、とんでもない目に遭ったという言い方だ。

阿漕というのは、繰綿相場の一件をさしているのだろうと正紀は解釈したが、まだ他にもあるのかもしれないと思いついた。

「繰綿の他にも、まだ何かあるのだな」

正紀が口を出した。

「ありますよ。大坂堺淡路屋からの菜種油とか」

「ほう」

山野辺も植村も、小さな声を漏らした。ぜひ聞いておきたい話だ。

「お城に納めている淡路屋から仕入れる菜種油百樽は、極上の品です。郷倉屋は、公儀御用達ということで、それを看板にしています」

これは仰天だ。淡路屋からの菜種油百樽は、公儀に納める品だと言っている。常造の話では、極上の菜種油は年に一度しか仕入れないということだった。

胸騒ぎを抑えながら、念押しをした。

「今年、極上の菜種油を仕入れたのは、ご公儀に納める百樽だけか」

「そうです。普通の品でしたらば、他にも仕入れています。でもね、値段は極上品と同じようにつけています。御用達のお墨付きがありますから、それができるんです」

梅次は、阿漕だと言った内容の説明をしていた。しかし正紀だけでなく、山野辺や植村も、他のことに気を取られていた。

「極上の百樽は、すでに公儀に納めたのか」

「納めてなければ、たいへんなことになります。もう半月近く前には、油は江戸に入っているはずです」

ここで正紀ら三人は顔を見合わせた。

「な、何ということだ」

呻《うめ》くような声を、植村は吐いた。その百樽は、高岡河岸に運ばれている。すでに、霞ケ浦や北浦、銚子周辺で売られているはずだった。

五

下城した油漆奉行の塩沢脩兵衛は、日本橋室町の蓬莱屋へ行った。これまでは、配下の同心を使って調べを行ったが、久世と話をしてから、自分で調べようと腹を決めた。

思った以上の久世の反応だった。大坂堺淡路屋よりの菜種油百樽の未納は、公儀の威光を傷つける。塩沢にとっては油が大事だが、久世は公儀の威光を大事にする。それは伝える前から分かっていた。

久世はどちらかといえば実を取る人物だが、定信や信明は違う。まず威信や威光があっての政《まつりごと》だと考えている。

久世は、老中に合わせた動きをする。

いずれにしてもこのままにはできない。品が未納になった担当者としては、調べを進めなくてはならなかった。

配下の報告では、庄九郎と庄吉の兄弟は義絶をしているとのことだった。すでに無縁となったわけだが、それは表向きだけではないかと感じている。ただそれでも、話は聞いておかねばとの判断だった。

蓬莱屋は重厚な建物で、勢いのある店だったと推察できた。近所で評判を聞くと、商い上手のやり手だという声が返ってきた。町の旦那衆の一人として、幅を利かせていたらしい。

建物の裏手に回って声をかけた。手鎖をつけた庄九郎と会った。身分と名を伝えると、上がるように伝えられ、床の間付きの部屋に通された。

すぐに、驚くほど器量のよい娘が茶菓を運んできた。十七、八の歳で、緋色の孔雀《じゃく》柄の着物が、あでやかさを醸し出している。黒髪も艶やかで、鬢付《びんづ》け油の香が鼻をかすめた。武骨者の塩沢も息を吞んだ。

「娘の吟《ぎん》でございます」

庄九郎が紹介した。

「さようか」

狼狽《うろた》えそうになる己を励ましながら、塩沢は小さく頷いた。

茶菓を置いたお吟は、黙礼をするとそれで引き下がった。そのとき浮かべた作り笑顔が、妙に冷ややかに感じられてどきりとした。

親子とはいっても、庄九郎とお吟の顔は、まったく似ていない。母親似なのだろうと考えた。

「姿を消した郷倉屋庄吉について、尋ねたい」

気を取り直して、塩沢は来意を告げた。

「これはこれは、畏れ入りましてございます。愚かなやつで、とんでもないことをいたしました」

恐縮する態度を見せた。

「御用の品が、未納のまま姿を消しておる」

「お上を畏れぬ、けしからぬ者でございます」

御用を放り出した庄吉を、強い口調で責めた。しかし行方は分からないと言った。納めるはずだった百樽の油の行方も知らないと付け加えた。

もっともらしい顔つきだったが、自身に関わりはないという態度は崩さなかった。

「狸め」

と思ったが、義絶をしている以上、庄九郎を責めるのは筋違いだった。

「荷の行方に、心当たりはないか」

「店の納屋には、なかったのでしょうか」

あったら、配下の者が押さえている。

「庄吉や倅の吉也は、どこへ身を隠したか。その場所に、心当たりはないか」

「大坂でやり直したい、という話はしておりました」

しばし考えてから、そう返した。

何を聞いても「畏れ入りました」と「存じ上げません」の繰り返しだった。しかしそれが、かえって庄吉不明と関わりがあるように感じられた。

「あやつを捜すためには、どのようなお手伝いでもいたします」

何の手掛かりも得られなかった。白々しい言葉を耳にして、塩沢は蓬莱屋を出た。

次に塩沢が向かったのは、汐留川北河岸金六町《きんろく》にある大坂の船問屋富田屋の江戸店だった。

淡路屋の極上の油樽を大坂から江戸へ運んだ店である。江戸へ運ばれたときのことは覚えているはずだ。

訪《おとな》いを入れて、主人を呼び出した。現れたのは、上方訛りがわずかに残っている四十代半ばの者だった。

「その方の店の樽廻船が、大坂堺淡路屋よりの極上の菜種油を郷倉屋へ運んだのだな」

「はい。百樽でございました」

対応した番頭は、帳面を検めることもなく頷いた。記憶に新しいものらしい。

「運んだ経緯を、詳しく聞きたい」

塩沢は、ここでも身分と名を伝えて問いかけた。

番頭は小僧に茶を運ばせたうえで、店の上がり框《がまち》に腰を下ろした塩沢に口を開いた。

「千石船は、汐留川には大きすぎて入りません。そこで品川《しながわ》沖で、うちが手配した小型の船が荷を受け取って、汐留川河岸の郷倉屋の納屋に運び入れました」

そのときは吉也が一緒で、番頭も立ち会ったとか。ご公儀に納める品だと聞いていたから、慎重に荷運びをやらせた。

「ただ、その後のことは存じません」

「すると郷倉屋の納屋に納められたことは確かだな」

「はい。その折の受取証は、頂戴しています」

ただその後のことは知らない。荷を運んだのは、河岸にいる荷運びの者たちなので、そのときのことは覚えているだろうと言った。

郷倉屋の納屋は、店に隣接して船着場に面している。船着場では、荷待ちをしている数人の荷運び人足がいたので声をかけた。

「ああ、郷倉屋さんの油樽ならば、運びましたよ」

という人足が二人いた。

「その荷ならば、二日くらい後に、二、三十石くらいの荷船二艘が来て、引き取っていきました。朝も早い頃で、手間賃を弾んでもらいました」

その内の一人は、荷出しもしていた。

「どこへ運んだのか」

「そんなことは、知りませんよ。あっしらは、お足さえもらえればいいんですから」

早朝の荷出しは、珍しいことではない。界隈では、何の問題にもならなかった。

塩沢が知りたいのは運び先だ。

「運んでいった船は、どこのものか」

「富田屋さんのじゃありやせん。このあたりの船ではないようで」

はっきりとは覚えてはいない。しかし荷運びをしたのはこのあたりの者だというので、さらに聞き込みをした。

塩沢は、公儀に納める品を勝手に他へ回したことに強い怒りを持ってはいない。追い詰められ、欲に駆られれば人は何でもすると考えている。だから怒りや忠誠のために、調べに当たっているわけではなかった。

与えられた役目をこなす、といった気持ちで聞き込みをしていた。あてがはずれても、がっかりはしない。次を当たるまでだという考えだ。そうやって、役務に当たってきた。

代々勘定方だったから、剣術よりも算盤の方が得意だった。

「ああ、おれも運びやしたぜ」

四、五人に声掛けをすると、応じる者が現れた。しかしその人足もどこの荷船かは分からない。

しかし塩沢はしぶとい。十数人目に声をかけた者が、覚えていた。

「深川海辺大工町の船問屋、福川屋さんの荷船でした」

自信のある口ぶりだった。

塩沢は深川に足を向けた。福川屋は界隈では知られた店だった。船庫もあって、すぐに分かった。

「はい、大坂からの菜種油百樽を運びました」

問いかけた番頭は、迷う様子もなく答えた。極上の焼き印が捺してあったと言い足した。奥から綴りを持ってきて紙を捲り、間違いありませんと告げた。

「その荷はどうした」

「汐留川から運んで、二百石の栃尾丸という荷船に載せ替えて、そのまま江戸を出ました」

「どこへ運んだのか」

番頭は、改めて綴りに目をやった。

「関宿をへて、高岡河岸で下ろしました」

塩沢には、関宿はともかく高岡は初めて耳にする地名だった。番頭は、高岡藩井上家一万石の陣屋がある土地だと説明した。

「それで、荷はどうなったのか」

「ええと、そうそう。船頭の留助の話では、二樽を藩に置き、残りは三日後に、他の荷船で運び出されるという話でした。霞ケ浦や銚子などだと思われます」

「二樽を、高岡藩に置いたのは、どういうことか。藩が買ったのか」

庄吉が売り払おうとしたのは明らかだが、二樽の意味が分からない。

「藩に対する、贈り物かと存じます。そうそう、思い出しました」

その荷には、『大坂堺淡路屋よりの極上菜種油百樽　山野辺蔵之助様お口利き』という添え状があった。藩から出された山野辺への受取証を、船頭は持ち帰った。

「それはどうした」

「九十八樽の預かり証と共に、船頭が持ち帰り吉也さんにお渡ししました」

この段階で、福川屋の役目は終わっている。

「山野辺なるご仁は、何者か」

「何でも、北町奉行所の与力だとか聞きました」

番頭は、それ以上のことは知らない。

しかしここで、塩沢の胸はざわついた。顔には出さないようにしているが、驚いている。

「この一件は、一商人の仕業《しわざ》ではないのか。大名家と北町奉行所の与力が絡んでいるのか」

胸の内で呟いた。奥が深いと感じたのだ。

六

山野辺と正紀、それに植村は、芝口橋の袂まで戻った。甘酒の屋台が出ていて、湯気が上がっていた。三人は甘酒を飲みながら、郷倉屋の元奉公人から聞いた話を整理した。

熱い甘酒は、冷えた体に染みた。熱さが、喉を通り過ぎて行く。山野辺は、昨日見た襟巻を首に巻いていた。

「そういえば、おれはまだ綾芽なる娘に、会っていない」

と気がついた。しかし今は、それどころではない。山野辺をからかう気持ちにもならない。

「今の状況では、ご公儀に納める菜種油百樽が消えた一件に、高岡藩と山野辺が関わっていることになるぞ」

「いかにも。おれは四斗の下り酒という袖の下を得て、油を未納のまま売ってしまうための便宜を与えたという形ではないか」

正紀の言葉に、山野辺が返した。

「受取証まで、あるようで」

植村が、付け足すように口にした。

「おれは、便宜など与えてはおらぬ」

「そんなことは、どうでもいい。やつらにしたら、不相応な進物を受け取ったという文書があれば、それで充分なのだろう」

受取証があるのは、大きい。悔しいが、どうにもならない。

「二樽の極上の油を得、荷を預かった高岡藩も、庄吉に加担をしていることになるな」

「うむ。やつらの企みに、嵌まってしまったようだ」

たかだか酒や油の一樽や二樽で、公儀に対して不実をなしたことになる。

「おれは腹を切らなくてはならないぞ」

山野辺は言った。町奉行所の与力ならば、当然だ。

しかし高岡藩も、ただでは済まない。減封《げんぽう》は免れないだろう。そうなったら井上家は、大名ではなくなる。

正紀にとっては、腹を切るよりも無念だ。

「実際に、菜種油を仕入れるはずだったのはどこか」

「勘定奉行配下の、油漆奉行だ」

山野辺が答え、そして疑問を口にした。

「その油漆奉行は、我らに気づくだろうか」

「気づかなければ、石川総恒や庄九郎、庄吉らが気づかせるようにするだろう。そのためにやつらが仕組んだからくりだからな」

そこまで踏まえておかなくてはならないと、正紀は考えた。

飲み終えた甘酒の湯飲みを返したところで、商人の身なりをした若者が目の前に現れた。薄っぺらな胸で、いかにもひ弱そうな体つきをしている。丸眼鏡をかけていた。

「正紀様」

声をかけてきた。

「おお、房太郎か」

日本橋本町《ほんちょう》の両替商熊井《くまい》屋の跡取りだ。江戸の一等地に店を構えているが、本両替の店ではなくもっぱら銭や銀など三貨の両替をする店だ。大店に囲まれた店は、間口が二間半（約四・五メートル）の小店《こだな》だった。

房太郎は少しでも手で押されたら体がぐらつくくらいの軟弱者だが、銭や諸物価の値動きには敏感だ。大麦や銭の相場で、正紀は助けてもらった。また繰綿相場では、互いに窮地に立たされ、力を合わせて難局から脱した。

正紀や植村とは、気心の知れた間柄といっていい。

「ご無礼ですが、皆さん冴えない面持《おもも》ちですね」

顔を合わせるなり、遠慮のない言葉を発した。

「まあな」

体面を取り繕う必要のない相手だから、正紀は本音を口にした。そして置かれている状況を伝えた。

「お上に納めるべき品を他所で高く売り、一儲けしようとした。それに賄賂《わいろ》を取って手助けをした、という話になりますね」

あからさまな言い方で受け入れがたいが、房太郎の言うとおりだ。

「それは郷倉屋だけでなく、蓬莱屋や石川総恒も絡んでいますね」

憎々し気な顔になって言い足した。

繰綿相場にまつわる蓬莱屋や郷倉屋との関わりは、房太郎にもあった。房太郎は蓬莱屋の美貌の娘お吟に騙されて、繰綿の空売りに加わることになった。結果として損失はなかったが、一時は高岡藩と共に窮地に追い込まれた。

房太郎は、お吟には恨みを持っている。高嶺の花として憧れるだけだったお吟が、笑顔で近づいてきた。しかしそれは利用をするためで、用がなくなったところで、掌《てのひらがえ》返しの扱いを受けた。

正紀には物事に動じない質に見えていたが、房太郎はそれで大いに傷ついたらしかった。

「いよいよ恨みのある正紀様と山野辺様に、仕返しを謀ってきましたね」

何事もないとは思わなかったと言い足した。何を言っても軽薄にしか聞こえないが、芯の強さとしぶとさは並みの者では太刀打ちできないと正紀は感じている。

「それで山野辺様に酒を届けたのは、どこの店ですか」

郷倉屋との問題に、関わるつもりらしかった。蓬莱屋や郷倉屋が戸閉と手鎖になったのには、房太郎の働きも大きい。他人事《ひとごと》だとは思えないのかもしれなかった。

「霊岸島の丹波屋だ」

「あそこは、堅実な店です。悪さに加担しているとは思えません」

依頼された品を、届けただけだろうという話だ。房太郎は江戸の諸物価の動きには詳しいから、主だった商家のことも頭に入れている。

「では江戸から高岡河岸へ油の荷を運んだのは、どこの廻船問屋ですか」

「深川小名木川河岸の福川屋だ」

「ええっ」

房太郎は目を剝《む》いた。

「知っているのか」

「はあ」

浮かない顔になった。何かあるらしい。

「隠さず話さねばならぬ」

言い渋っているのを咎めた。事情を聞かないわけにはいかない。

再度促すと口を開いた。

「お吟さんは、そこの若旦那佐太郎と祝言を挙げるようです」

繰綿相場の件がある前から、決まっていたらしい。房太郎はそれを知らずに、弄《もてあそ》ばれた。物の値には慎重な者だが、女絡みの話になると抜かりが出るようだ。

「ならば福川屋も、一枚嚙んでいるのか」

山野辺が目の色を変えた。

「それは分かりません。ただ父親の佐兵衛《さへえ》という人は、ちゃんとした商いをするようです」

房太郎はお吟絡みで福川屋のことを知って、調べたらしかった。お吟に対しては、まだ平静ではいられないようだった。

悔しさは大きいようだが、正紀にはどうすることもできない。安易な慰めは口にしなかった。

「ただ何かしらの融通はしたかもしれぬぞ」

山野辺が言うと、房太郎は否定をしなかった。庄九郎と庄吉、石川総恒の企みは、調べるほどに念入りなものだと分かってくる。

塩沢は、呉服《ごふく》橋御門内の北町奉行所に足を運んだ。山野辺蔵之助が高積見廻り与力であることは調べていた。

「ちと、尋ねたい」

玄関式台の脇にいた、奉行所の小者《こもの》に問いかけた。

「はい。何でございましょう」

塩沢は名乗らなかったが、小者はそれなりの身分の者と受け取ったらしい。丁寧な対応をした。

「山野辺蔵之助殿と高岡藩世子の井上正紀様は、どのような間柄か」

知らなくてもともとだと思って訊いている。しかし小者は知っていた。

「神道無念流戸賀崎道場の剣友だと伺っておりますが」

と答えた。

「そうか、二人は親しい間柄だったのか」

聞いた塩沢は呟いた。

第三章　無用の取引

一

正紀が高岡藩上屋敷に戻ると、井尻がまんざらではない顔でやって来た。

「新たなる祝いの品がありました。白絹三反と炭俵一つでございます。どちらも助かります」

縁戚の旗本と御用達の商人からである。儀礼の範囲に収まる値段の品だった。しかしもう、喜んではいられなかった。

正紀は、居合わせた正国と佐名木、井尻に、一日の出来事を伝えた。ほくほくだった井尻の顔は、強張《こわば》ったものになった。

「庄九郎と庄吉の兄弟は、捨て身で迫ってきたわけですな」

話を聞いた佐名木も険しい表情になった。

「いかにも。郷倉屋はすべてを捨てて、ご公儀の品を転売するという手に出たわけだからな。高岡藩と山野辺を道連れにするつもりだ」

「厄介でございますな」

正国の言葉に、井尻が応じた。

「もう、百樽の油を取り戻すことは、難しいでしょう」

途方に暮れたような口ぶりで、井尻が続けた。

高岡河岸から離れたら、どうにもならない。あるのは高岡陣屋へ納められた二樽だけだ。

すぐさま佐名木は、その二樽を手付かずのまま至急江戸へ戻すように早馬を立てた。二樽ではどうにもならないが、公儀に対して藩としての姿勢は見せなくてはならない。

「この筋書きは、庄九郎あたりが立てたのでしょう」

「石川総恒が、どう出るかだな」

佐名木の言葉に、正紀が返した。

「あの爺さんは、曲者《くせもの》だからな。面倒な相手を、敵に回している」

正国がため息を吐いた。高岡藩の背後には、尾張徳川家がある。それを承知で、総恒は罠を仕掛けてきた。

向こうには高岡藩の納屋番が出した、大坂堺淡路屋よりの菜種油二樽の受取証と九十八樽の預かり証、それに下り酒一樽の山野辺からの受取証がある。これを武器にしようという戦術だ。

「まずは庄吉と吉也を捜し、捕らえなくてはなるまい」

正紀は呟いたが、行方を知る手掛かりはない。すでに山野辺が、周囲の者から聞いていた。ただ万策が尽きたとは感じていなかった。

「やつらの、次の動きを待ってからではどうでしょう。必ず何かをしかけてくるはずです」

と井尻は口にした。

「それを待っていたら、後手後手になるぞ」

佐名木が返した。正紀も同感だった。

話し合いが済んで、正紀は京の部屋へ行った。すると和も、姿を見せていた。

「到来物《とうらいもの》の狩野派の軸物ですが、この部屋に掛けることにしました」

孝姫が寝る部屋に飾って、喜んでいた。

「幼いうちから、よいものを見させなくては、目は育たぬ」

和は真顔で言った。いくら何でもまだ無理だと思うが、その言葉は呑み込んだ。藩が置かれている状況は厳しいが、子どものように喜ぶ姿を目にしていると、水を差す気持ちにはならなかった。

京も、和の言葉に頷いている。

「またどこぞから贈られれば嬉しいが」

という言葉は聞き流した。

和が部屋を出てから、正紀は寝ている孝姫の顔に、自分の顔を近付けた。顔にはまだ赤みが残っている。微かな息遣いが耳に心地いい。

「健やかに育っているな」

見れば分かることを口にしてから、さらに触れ合うくらい鼻を近付けた。孝姫が吐いた息を吸い込んだ。それを何度か繰り返していると、赤子の気が、自分に移ってくるように感じた。

波立っていた胸の内が、それでだいぶ治まった。

「おかしなことを、なさいますな」

と京には言われたが、気にしない。

そして正紀は、油樽にまつわる今日の出来事すべてを伝えた。

「二樽の油樽を江戸に戻した後は、どうなさいますか」

「そうだな」

具体的には何も考えていなかった。

「屋敷に置いておいたとなると、そのまま受け取っている形になりますね」

「分かった。勘定方の油漆奉行に渡そう。そして事情を伝えよう」

油が着き次第、そうすることにした。

正紀や房太郎らと別れた山野辺は、八丁堀の屋敷に戻った。門を潜ろうとすると、玄関から娘が出てきた。

「まあ、蔵之助さま」

娘は声を上げた。綾芽だった。母か妹を訪ねて、やって来ていたらしい。

「ああ」

夕日が横顔を照らしている。なぜか、懐かしい顔を見た気がした。

「これから下谷の屋敷に、帰るのですな」

「はい」

「ならば送りましょう。そろそろ、日も落ちまするる」

意識もしないで言っていた。下り物の四斗の酒を受け取ってしまって、窮地に追い込まれている。胸に屈するものがあったから、誰かと話をしたかった。とはいえ、母や妹では責められるだけだから話したくない。

「ありがとうございます」

綾芽は、嬉しそうに答えた。山野辺は、その反応に満足した。二人で歩き始める。

「襟巻は毎日使っているが、なかなかに暖かい」

「それは、ようございました」

「母上が、針の腕は上達したと話していたぞ」

「蔵之助さまのお役に立てて、嬉しいです」

母甲が褒めたことよりも、自分の役に立てたことが嬉しいと言っている。胸がくすぐられた。

綾芽は半歩後ろを、離れずについてくる。

こうして歩いているのは、二人が祝言を挙げるという約束があるからだ。しかし自分は、これからどうなるか分からない。百樽の油の一件次第ではお役御免や切腹もないとはいえない身の上だった。

そうなれば、綾芽とは無縁となる。こうやって二人で歩くこともなくなる。

と考えたら、思いがけずふうっと大きなため息が漏れた。二人だけで話をするのはまだ二度目だが、惜しい気がしたのである。

するとと綾芽が、問いかけてきた。

「お役目で、何かがあったのでしょうか」

「ま、まあな」

「ならば、お話しくださいまし。話すだけでも、気持ちが楽になるかもしれません」

意外にはっきりした口調だった。けれども問い詰めているわけではなかった。母や妹のように、迫ってくるのとも違う。

「下手をすれば、この女《ひと》とは縁がなくなる」

と考えるが、話を聞いて欲しい気持ちが湧いてきていた。

油漆奉行に納める大坂堺淡路屋よりの菜種油百樽についての話をした。山野辺家に贈られた下り酒についても伝えた。

綾芽は、黙ったまま聞き終えた。すぐには何も言わず、何か考える様子で歩いた。

山野辺にしてみれば、うまい打開策を尋ねたわけではなかった。ただ気持ちが緩んで、口にしてしまった。聞いて欲しくはあっても、それは甘えではないかという自分を抑える気持ちも潜んでいる。話したことに、微かな後悔もあった。

場合によっては、これで縁が切れるかもしれない。それならばそれで仕方がないと腹を決めた。どうしても共に生きたい相手には、まだなっていなかった。

夕暮れどきになって、吹き抜ける風が冷たくなってきた。黙って歩くのが辛くなった頃、綾芽が口を開いた。

「四斗の下り酒は、すぐにも返さなくてはなりませんね」

何を言うかと耳をそばだてたが、適当な相槌《あいづち》などではなかった。山野辺家の立場に添った意見だった。

「返そうとしたが、蓬莱屋では受け取らなかったぞ」

そのままにしていたわけではないと話した。

「ならば、酒を運んで来た問屋ではどうでしょうか」

「霊岸島の丹波屋も、受け取らないだろう」

分かり切っているではないか、という気持ちで答えた。すると綾芽は、思いがけないことを口にした。

「それでも、よろしいではないですか。山野辺家では、誤って受け取ってしまった。それで返そうとしたが、できなかった。そういう動きをした、ということが大切ではないでしょうか」

「なるほど、そうかもしれぬな」

受け取ったままにしてはいけない、という話だ。これから面倒なことになるのは必定だ。そのときどれほど役に立つかは分からないが、気づいてすぐに返そうとしたという事実があるのは、無益ではなさそうだった。

「すぐに、いらっしゃいませ。私は一人で帰ります」

「分かった、そうしよう。話してよかった」

そう告げると、山野辺は返事も聞かないで、霊岸島へ走った。下り酒問屋丹波屋へ向かったのである。

丹波屋は、ちょうど店の戸を閉めようとしていたところだった。明かりが灯っていた。山野辺は駆け込んで、店の奥にいた番頭を呼び出した。

「これは山野辺様」

番頭は顔を覚えていた。

「先日受け取った四斗の下り酒、受け取るわけにはいかぬゆえ、引き取ってもらいたい」

と伝えた。

「困りましたな」

番頭は、口先だけでそう応じてから続けた。

「あの酒は、すでに決着のついた商いでございます。今になって引き取ることはできません。どうしても返したいと仰るならば、郷倉屋庄吉か吉也、その縁者にお返しいただくしかございません」

「しかし郷倉屋の行方は知れぬ」

「それは当店には関わりがないことでございます」

番頭の言っていることの方が、筋が通っていた。こちらが無理押しをしていた。返す言葉がなくなった。

「山野辺様が、お捜しになったらいかがでございますか。人をお捜しになるのは、お手の物では」

そう告げられると、返す言葉がない。高積見廻り方も、町奉行所の与力だ。番頭が、言葉を足した。

「吉也という若旦那は、なかなかの男前でした。好いて好かれた娘さんがいたかもしれませんよ」

と言われてはっとした。吉也の女の線からは、聞き込みをしていなかった。綾芽の言葉から、調べの範囲が広がった。

すでに日は落ちていたが、山野辺は汐留川河岸の芝口一丁目の自身番へ行った。まだ明かりは灯っていた。

「郷倉屋の吉也だが、縁談や浮いた噂はなかったか」

居合わせた書役や大家に問いかけた。

「縁談はあったと思いますよ。いい歳になった、表通りの若旦那でしたから」

「でもねえ。話が進んでいたかどうかは、存じませんね」

「そうそう。特に親しくしていた娘というのも、界隈にはいなかったと思います」

期待はずれの答えに、やや力が抜けた。しかし色恋沙汰《ざた》は、人に吹聴するものではない。書役や大家だけが知らないということもありうる。

「まだお若いですからね。どこかで遊んでいたかもしれませんよ」

「そうそう。あの人は、仕事はちゃんとしていましたけど、それだけではない気がしましたね」

具体的なことは分からないが、二人の言葉は参考になった。

二

翌朝正紀は、青山《あおやま》と植村に、庄吉と吉也の行方を改めて捜し直すように命じた。

「何としても」

藩にとって厳しい状況なのは分かるから、二人は勢い込んで出て行った。夜の内、少しばかり雨が降った。庭には、一面に霜柱が立っている。

日が出て、その霜柱が融け始めた頃に、高岡藩上屋敷に二人の来客があった。旗本石川総恒の用人鈴谷賀来兵衛《すずたにかくべえ》と家臣大田原平助《おおたわらへいすけ》なる者だった。鈴谷は三十代半ばで頬《ほお》骨《ほね》の出たいかつい面体《めんてい》である。大田原は身なりからして下士で、長身痩軀《そうく》の体つきだった。

どちらも身のこなしに隙は無く、それなりの剣の腕の持ち主だと窺えた。

「いよいよだな」

正紀と佐名木で会った。

「ご世子様にお目通りがかない、恐悦《きょうえつ》至極に存じます」

鈴谷が、仰々しい態度で頭を下げた。斜め後ろに座る大田原も、合わせて頭を下げた。わざとらしい口ぶりから、ふてぶてしさが垣間《かいま》見えた。

「国許の高岡河岸には、新たな納屋ができたとのこと、お喜び申し上げます」

来意の見当はついている。問題はどう出てくるかだと、正紀も佐名木も思っている。次の言葉を待った。

「ご世子様と北町奉行所与力の山野辺蔵之助殿は、御昵懇《じっこん》の間柄とか」

鈴谷は本題に入った。

「いかにも」

隠し立てはしない。

「そこででございまするが、半月ほど前に、ご公儀の油漆奉行様のもとへ納められるはずだった大坂からの菜種油百樽が、何者かの手によって持ち去られました。ご世子様におかれましては、ご存じであらせられましたでしょうか」

「存じておる」

「ほう。なぜそのようなことを、高岡藩のご世子様がご存じなのでしょう」

わざとらしく驚いて見せた。無言の大田原は、感情のこもらない目を向けてきている。

「その油百樽は、高岡河岸へ運ばれたと知った。郷倉屋という江戸の諸色問屋の手でな」

　事実を、そのままに伝えた。

「そのご公儀に納めるはずだった百樽の行方に、ご世子様と山野辺殿が関わっていたという疑いが出ております」

　鈴谷は予想通りに、高岡藩と山野辺が陰謀に加担している方向に話を向けた。こちらを試すような、値踏みするような眼差しだった。

　正紀は、無言で見返した。不埒な真似はしていない、という気持ちが根っこにある。

「覚えは、ござりませぬか」

「ない」

　即答した。

「おかしいですな」

　ここで、これまでと態度が微妙に変わった。形ばかりとはいえ見せていた慇懃《いんぎん》さが、見えなくなった。

「百樽の油は、深川海辺大工町の福川屋の栃尾丸で輸送され、高岡河岸に納められました。その内二樽が、高岡藩へ進物として贈られました。その荷送り票には、山野辺殿の口利きだとの記述がござり申した」

「詳しいな」

認めもせず、否定もしないで正紀は返した。鈴谷は小さな咳ばらいを一つして、話を続けた。

「こちらには、高岡河岸における九十八樽の預かり証と、二樽の極上の菜種油を受け取ったという受取証がございまする」

「……………」

「どちらにも、橋本某なる者の署名と押印がありまする」

また、山野辺が郷倉屋から受け取った四斗の下り酒の受取証もあると付け足した。

正紀にとっては、極めて不利な証拠を握った上で鈴谷らが現れたことになる。

「納屋番の橋本は、ご公儀に納める品とは知らぬまま預かった。祝いの品も同様である」

これは、どこに対しても主張しなくてはならない。

「さようでございましょうか。存じていたかに思われます」

鈴谷は動じない様子で答えた。

「大坂からの極上の菜種油二樽でございまする。通常の進物としては、ずいぶんと高価な品でございまする」

ここで鈴谷は厳しい表情を見せた。「どうだ」と言わぬばかりだ。恫喝《どうかつ》、といっていい物言いだった。

正紀は、息を呑んだ。こちらの一番弱いところを衝いてきた。すぐには言葉を返せなかった。

間をおいて、鈴谷は再び慇懃な態度になって続けた。

「ものは相談でございます。こちらにある署名と押印入りの受取証を、握り潰してもよいと考えております」

「ほう」

何を言い出すのかという気持ちで見返した。

「ただお願いがございまする」

「何か」

お願いではなく、要求だ。

「正国様に、奏者番のお役目を退いていただきます」

「取引だな」

「いえ、そうではありません。退いていただいて、石川総弾様をご推挙いただきます」

当初の目的を、持ち出したということだ。

「その申し出は、断る」

佐名木と目を見合わせた後で、正紀はきっぱり言った。微かな迷いもなかった。

正紀に悩む気配がなかったからか、鈴谷は奥歯を嚙んだ。しかしそれは、一瞬のことだ。

「話に応じれば、我らは郷倉屋のなした不正に加担していたことになる。こちらにゃましい点はない」

一気に告げた。鈴谷に対して、いやその背後にいる石川総恒に対して怒りが湧いていた。

「それでよろしいので」

不敵な笑いを浮かべた。

「祝いの品を受け取ったのは確かだが、いわれのある品とは知らぬものであった。高岡藩にも山野辺家にも、祝い事があったのでな」

「それで話が、通りまするか。預かり証や受取証を、勘定奉行の久世広民様にお渡しすることもできるのですぞ」

「帰るがよかろう」

正紀は告げた。これ以上の問答は、不要だった。正紀は鈴谷らを残して部屋を出ようとした。

「では、お覚悟を」

鈴谷はその背中に一言放ったが、正紀は振り向かなかった。

「予想通り、石川と庄九郎、庄吉が組んでの企みでしたな」

御座所へ戻ったところで、佐名木が言った。

「あの申し出、受け入れても意味はないぞ」

「まことに。預かり証や受取証は、こちらを潰すまで使うつもりでしょう」

正紀と佐名木の考えは同じだ。

「鈴谷は脅しをかけてきたわけだが、それはとりもなおさず総恒が一枚嚙んでいるのを認めたことになる。それを、公にしてはどうか」

腹立たしさがあるので、言ってみた。

「いや、こちらの利にはならないでしょう」

一蹴された。そのような取引を持ちかけた覚えはないで済まされる。

「こちらは極めて不利ではありまするが、預かり証と受取証だけでは、郷倉屋の不正に関わったという決定的な証拠にはなりませぬ」

「それはそうだが、不相応な品を受け取ってしまったことは間違いない。そのために正国様の失脚や減封があっては、あいならぬ」

わずか一石の減封でも、高岡藩井上家は大名ではなくなる。

「それゆえ何としても、庄吉や吉也を捕らえなくてはなりませぬ」

佐名木は言った。

三

正紀は佐名木と相談して、油漆奉行の塩沢脩兵衛を訪ねることにした。鈴谷らの訪問を受けて、事態が進んでいることを実感した。

ならば塩沢の耳に、一報を入れておくのが得策だろうと判断したのである。藩士に塩沢の屋敷に様子を見に行かせ、非番で登城していないことを確かめた。

すぐに叩扉《こうひ》し、身分と名を名乗った。

「どうぞ」

塩沢は正紀の訪問に驚いたらしい。しかし名には覚えがある様子だった。

すでに袴を身に着けていた。出かけるところだったらしいが、不満の表情は見せなかった。床の間のある部屋に通された。

　畳は古いままで、華やかな調度はない。質素な暮らしぶりらしかったが、掃除は行き届いていた。

「不明になった大坂からの菜種油百樽について、お話をいたしたい」

　向かい合って座ったところで、正紀は来意を伝えた。塩沢はわずかに目を瞠ったが、とんでもない話を聞くといった顔ではなかった。

　担当の奉行である塩沢も、不着の油を捜していただろう。調べの中で、高岡藩や正紀について、何か気づいていたのかもしれない。

「さればでござる」

　大坂からの百樽の油が高岡河岸へ届いたところから、包み隠さずすべてを話した。高岡藩と山野辺家では祝い事があり、進物として油樽や酒樽を受け取ったことを伝えた。

「脇が甘かったと言われても、仕方のないことでござる」

　この部分では言い訳はしない。すれば見苦しくなる。

　鈴谷が藩邸へやって来て、脅しと取引をしかけてきたことには触れなかった。当て推量で石川家を悪者にしていると受け取られたくなかった。

塩沢は、最後まで黙って聞いていた。頷くことも、問いかけをすることもなかった。

「それがしは、詳細をありのままに話したつもりでござるが、そこもとがどう受け取るかは、致し方ないと存ずる」

「………」

「不相応に高価な品を受け取ったのは、落ち度でござった。しかしご公儀に納める品であるとは知らなかった。それは伝えておきたい」

また庄吉が荷を勝手に始末したことについては、怒りを持っていることを付け足した。

「すると百樽は、もう戻らぬということですな」

担当者としては、ここが肝心なところだろう。

「当家が手にした二樽は、すでに江戸へ運んでおる。到着次第、届ける所存である」

しかし油漆奉行としては、それで終わりにはならない。一呼吸するほどの間を置いて塩沢は口を開いた。

「井上様の申されよう、承りましてございます」

一万石とはいえ相手は大名家の世子だから、物言いは丁寧だった。しかし正紀の言葉を、そのまま信じた様子ではなかった。一応は聞いた、といった返答だった。

一方の言葉だけを鵜呑《うの》みにはしない。公平な態度だといってよかった。

「当家と山野辺家では、逃げた郷倉屋庄吉とその親族を捜してござる。事件解決のために、力を尽くす所存だ」

どう受け取るかは分からないが、そう告げて塩沢の屋敷を出た。

青山と植村は、空き家になった郷倉屋の周辺だけでなく顧客にも当たった。庄吉や吉也の行き先について、気合を入れて探った。

「仕入れ先の大坂の問屋を頼ったのではないでしょうか」

という者はいたが、ではその問屋が大坂のどこにあって、何という屋号なのかは知らなかった。

「大坂も、広いですからねえ。それにあそこは商人の町です。捜すのは、さぞかしたいへんだと思いますよ」

とやられると、気が遠くなった。

何軒かで聞いて分かったのは、兄弟仲はよかったことと、庄九郎は甥の吉也を可愛がっていたということくらいだ。吉也が帳面を見間違え、仕入れの数が足りなくなったとき、力を貸したのは庄九郎だったとか。

「庄吉さんは、女を囲っていたことがありますよ」

と言った同業の主人がいた。今も囲っているかどうかは分からない。増上寺裏手の飯倉《いいぐら》町に妾宅《しょうたく》を構えていた。迷わず、そちらにも足を向けた。自身番で問いかけをした。

「ええ郷倉屋さんは、一年前までお楽《らく》という女を囲っていました」

お楽は、今は麻布《あざぶ》桜田《さくらだ》町で他の旦那に囲われ、かつての妾宅は人手に渡ったという。

「一応、話だけは聞いておこう」

青山と植村は、麻布桜田町に足を向けた。大名屋敷に囲まれた、鄙《ひな》びた町だった。

妾宅はすぐに見つかった。

お楽は二十歳前後で、化粧が濃かった。面と向かうと脂粉《しふん》の香が鼻を衝いてきた。

青山や植村には、生涯関わることはないだろうと思われる女だった。

詳細は伝えず、庄吉が不始末をしでかして姿を晦《くら》ましたとだけ伝えた。

「へえ。あの旦那、姿を隠したんですか」

さして感情のこもらない声で言った。昔の旦那、といった気持ちらしい。

「どこへ行ったかなんて、分かるわけないじゃないですか。おそらくしこたまため込んで、上方あたりにでも行ったんじゃないですか」

上方という言葉が出るのは、諸色問屋として大坂との商いが多かったからだろう。

「商いは、うまくいっていたわけだな」

「実家が日本橋室町の大店で、そこの兄さんにはずいぶん助けてもらっていたようですよ。悪く言うのを、聞いたことがないですから」

恩義に感じていたということだ。

「でも、しつこい人でしたよ」

しなを作って言ってから、げらげら笑った。

行方の手掛かりは得られなかった。

四

翌日正紀は、赤坂《あかさか》にある今尾藩竹腰家の上屋敷に、兄の睦群を訪ねた。兄弟ではあっても、簡単には会えない。あらかじめ刻限の約束をした上でのことだった。

「申し上げにくいことですが」

二人だけになったところで、正紀は油漆奉行に納めるべき菜種油百樽にまつわる詳細を伝えた。ここでは鈴谷が藩邸へ現れたこと、そして昨日は塩沢の屋敷を訪ねたことを伝えた。

もちろん、鈴谷や塩沢としたやり取りについても触れた。

睦群は、苦々しい顔で正紀の話を聞いた。

「塩沢に伝えたのはよかった。どう受け取るかは分からぬが、こちらが悪事に関わっていないこと、不当な濡れ衣をきせられていることについて不満を伝えたのは大事だ」

睦群の端整な顔が強張っている。石川総恒に対して、腹を立てていた。

「己が仕組んだことで大名を脅し、取り引きをしかけてくるなどふざけた話ではないか」

「いかにも」

「要求に乗らなかったのは当然だ」

睦群は、怒りが収まらない気配だ。

「そもそも正国様を奏者番に推すにあたっては、我ら一門がどれほどの尽力をしたことか。それをこのような奸計《かんけい》に嵌まって、失ってなるものか」

この件では、睦群も働いた。それは正国が就任した後になって、正紀は耳にした。そして怒りは、正紀にも飛んできた。

「それにしても、厄介な話ではないか。このようなことになったのは、その方の気持ちに緩みがあるからだ。それが家臣にまで移っているのではないか」

「はあ」

「いつもいつもおまえは、何かを起こしては問題を持ち込んでくる。まともに政ができてはおらぬではないか」

すべての怒りが、正紀に向けられた。

「その方のせいで、高岡藩井上家は大名ではなくなるぞ」

「それは」

「わずか二樽の油のために、大名から格下げになる。情けない。尾張一門の恥ではないか」

「………………」

この言葉は、胸に刺さった。

自分が尾張一門の出であることを鼻にかけるつもりはないが、そのことに誇りを持っていた。一門を盛り立てるために、一役買いたい気持ちも大きかった。しかし足を引っ張る形になっている。

何よりも、「一門の恥」と告げられたのにはめげた。四半刻、たっぷり油を絞られた。にもかかわらず、何かの手助けをするとは言わなかった。「庄吉と吉也を捜せ」と命じられただけだった。


山野辺は、郷倉屋の若旦那吉也の行方を追っていた。青山と植村が調べたことは、高岡藩の使いの者から昨夜のうちに耳にし、策を練った。庄吉を探れないならば、吉也に的を絞ろうと考えたのである。

北風が吹き抜ける。霜柱を踏んで歩いた。もう首の襟巻は、外せなくなった。道々歩きながら、自分は追い詰められていると感じた。正紀のもとには、石川家の用人鈴谷と大田原という家臣が現れたことも聞いていた。

これまで町奉行所の与力として、厄介な出来事に巻き込まれたことはあった。事を治めるのに骨を折ったが、それはしょせん他人事だった。

「しかし、今度ばかりは違うぞ」

と思っている。母や妹、そして綾芽のことを考えた。

首の襟巻に手を添えた。せっかく結ばれることになった綾芽との縁が切れるのも間もなくだろう。惜しい気持ちでいっぱいだが、どうにもならない。

このままいけば、公儀の品を横流しした者の仲間として処罰される。自分が腹を切るのは不徳の致すところだが、母や妹はどうなるのかということも考えた。

母甲は厳しい女でよく説教をされた。

幼い頃、山野辺が、喧嘩《けんか》をして近所の子を傷つけたことがあった。盗んだ柿の分け前について、不満があって言い合いになったのである。

同じ数だったが、相手の方が大きく美味そうなものだった。殴り方が悪くて、相手の鼻の骨を折り、大量の鼻血が出た。人はこんなに簡単に血を流すものなのかと、山野辺は慌てた。

泣きながら母に知らせに走った。他の手立ては考えられなかった。母は怪我の子どもを医者へ連れて行き、手当てをしてから、相手の屋敷まで一緒に送っていった。子どもの両親に二人で頭を下げたのである。

「あれ程の怪我を、させるほどのことか」

帰りの道で、叱られた。また己がしでかしたことで泣くな、とも言われた。喧嘩の発端には、山野辺なりの言い分があったが、そう諭されると返す言葉がなかった。

今になって思い起こせば、腕白小僧のいる家ならばどこにでもありそうな出来事だ。

兄妹喧嘩もしたし、八丁堀で水練の稽古をして溺れかけたこともあった。水を飲んで気絶をし、気がつくと目の前に母の顔があった。叱られるかと思ったが、母が「よかった」と言って目に涙を溜めたのには驚いた。

そういう日々の積み重ねが山野辺家にはあり、その中心にはいつも母がいた。それが町奉行所へ出仕するまでの、暮らしのすべてだった。

腹を切れば、母と妹は路頭に迷う。それは、堪えがたかった。

また高積見廻り与力として生涯を過ごした亡き父吉右衛門《きちえもん》から、山野辺は役目を引き継いだ。代々が担ってきた役目を、自分が失うのは辛い。

汐留川河岸の郷倉屋周辺で、今度は吉也について聞き込みをした。前に問いかけた者にも、改めて声掛けをした。調べには、気合いが入った。

「若旦那は、仕事はよくしていました。でも浮いた噂はありませんでしたね」

前にも聞いたような話を、耳にするばかりだった。それで聞き込みの範囲を、すでに町を出た幼馴染や他の町の若旦那仲間にまで広げた。

すると三人目に訊いた足袋《たび》屋の若旦那が言った。

「吉也さんには、好いた娘はいませんでしたが、遊女遊びはしていたようです。大っぴらに色町通いをすれば、商いに響きます。目立たないように通っていたと思いますよ」

「馴染みの妓《おんな》が、いたのだな」

それは面白いと意気込んだ。何かを、喋《しゃべ》っているかもしれない。

「通っていた見世《みせ》は、どこか。妓の名は知っておるか」

「さあ、詳しいことは。小耳に挟んだだけですから」

次に訪ねたのは、蠟燭《ろうそく》屋の若旦那だ。身を隠していそうな場所に心当たりがないかを確かめた上で、「ない」という返事を受けてから、女遊びについて問いかけた。

「ええ。吉也さんには、悪所通いの癖があるのは間違いないです。私も誘われたことがあります」

「一緒に行ったのか」

「いえ。私は祝言を挙げて間もない女房がありましたので」

「誘ってきたときに、どこへ行くかは口にしなかったか」

「さあ。聞いたかもしれませんが、気にも留めませんでした。向こうも、熱心に誘ってきたわけではありませんので」

「大まかな見当だけでもつかぬか」

「深川や芝へ行けば、その手の見世はいくらでもありますからね。さすがにそこまでは」

若旦那は苦笑いを浮かべた。

公娼の吉原《よしわら》だけではなく、江戸市中にはいたるところに岡場所と呼ばれる私娼窟があった。安女郎を置く見世も少なくないが、瀟洒《しょうしゃ》な建物にして美女を揃え、派手な遊びをさせる見世もあった。

さらに吉也と付き合いがあった若旦那を探した。遊女遊びのことなどまったく知らなかった者も少なくないが、知っている者でも通っていた見世がどこだと特定できる者はいなかった。

ただ交友関係を探っていくと、思いがけない名を挙げる者がいた。

「深川の船問屋福川屋の若旦那佐太郎さんとは、親交があったと思いますが」

「まことか」

福川屋の栃尾丸は、下り物の菜種油百樽を高岡河岸に運んだ。依頼したのは吉也で、受けたのが佐太郎だった。福川屋は他にも、郷倉屋の荷を利根川沿いの河岸場に送っていた。

吉也と佐太郎が親しい間柄であったとしても、不思議ではない。どのような関わりだったかはともかくとして、問いかけだけはすることにした。

永代橋《えいたい》を東へ渡った。

五

正紀から菜種油百樽の件を聞いた房太郎は、自分も何かをしなくてはと考えた。石川総恒や蓬莱屋と郷倉屋の兄弟を追い詰めるにあたって、自分も一役買った。だから正紀や山野辺と自分は、一蓮托生だと思っていた。

場合によっては、自分も何かをされていたかもしれない。話を聞いた以上、捨て置くことはできなかった。

「では、何をすればいいか」

房太郎は考えた。頭に浮かんだのは、江戸から荷を運んだ福川屋の栃尾丸と荷運びをした人足たちのことだった。

そこでいつものように界隈のものの値を調べてから、福川屋がある小名木川の河岸場へ足を向けた。

船着場には、百石積みの荷船が停まっていた。栃尾丸ではない。着いたばかりなのか、これから出立《しゅったつ》するのかは分からないが、船は空だった。

初老の水手らしい男が煙草《たばこ》をふかしていたので、房太郎は声をかけた。

「この船は、江戸へ戻って来たところですか」

「そうじゃねえ。これから荷を積んで、関宿へ向かうところだ」

水手はぶっきらぼうに答えた。お調子者のお店者《たなもの》の世間話につきあうつもりはない、といった受け答えだった。ぞんざいに扱われるのは慣れているから、気にはしない。問いかけを続けた。

「栃尾丸というもっと大きな船もありますね」

「ああ。あれはどこかで荷を下ろして、今日はここへ戻って来るんじゃあねえか」

水手は面倒臭そうに言った。しかし房太郎にとっては、都合のいい話だった。

「乗っている人は、いつも同じですよね」

「そうだ」

ならば菜種油百樽を積んだときの模様を、聞くことができると思った。船頭は、留助という三十代後半の者だそうだ。

房太郎は、栃尾丸の到着を待つことにした。小名木川に架かる万年《まんねん》橋の橋袂《はしだもと》にある地蔵堂の裏手に立った。そこからだと、福川屋の建物や船着場がよく見渡せる。

四半刻もしないうちに、百石船は船着場から出て行った。するとそれを待っていたかのように、大ぶりな船が入ってきた。

房太郎は船首に栃尾丸の文字があるのを確認した。

船を出迎えるように、福川屋から人が出てきた。その中に、若旦那の佐太郎の姿があった。

房太郎は、ここで息を呑んだ。

「ああ」

言葉にならない掠れた声が出た。派手な花柄の着物を身に着けた娘が店から出てきたからだ。遠目で見ても、美しい。蓬莱屋庄九郎の娘お吟だった。

お吟は満面の笑みを浮かべて、佐太郎に話しかけている。房太郎は覚えず、地蔵堂の陰に身を隠した。そしてすぐにこそこそしている自分の不甲斐《ふがい》なさに腹が立った。

「堂々としていればいい」

と思うものの、気後れしてしまう。相手は色香で自分を誑《たぶら》かし、甘い言葉を弄《ろう》して繰綿相場で大損をさせようとした。そして用が済むと、洟《はな》もひっかけなくなった。

自分を騙して、金儲けを企んだ者の一人だった。だから姿を目にして、こちらが怯むのはおかしいと思うのである。

けれども、どうにもならなかった。

お吟がここにいるのは、考えてみれば不思議なことではない。お吟と佐太郎は、祝言を挙げることが決まっていた。房太郎はつい最近、それを知った。

福川屋は郷倉屋の荷だけでなく、蓬莱屋の荷も運んでいた。互いに商いの面で関わりのある店だった。

お吟は今となっては無縁の者だが、胸が騒いだ。お吟は佐太郎との話を進めながら、自分に近づき、繰綿の空売りをさせたのである。

話を聞いたその日、房太郎はじっとしていられずここまでやって来た。そして佐太郎の顔を確かめた。そのことは、誰にも話していない。話せることではなかった。

情けないと思うが、どうにもならない気持ちだった。

振り返ってみれば利用され弄ばれただけだが、お吟との出会いや共に過ごしたときは、房太郎にとっては忘れがたいものだった。怒りや恨みはあるが、それだけではない。

楽しく過ごした、夢のような一時があった。そのときはお吟も優しかった。

もう同じようなときを持つことは、自分の生涯では二度とないだろうと感じている。

悔しいが、甘美な思い出だ。

久しぶりにお吟の姿を目にして、心が渦巻いた。見ている限りでは、悪事に加担をしておきながら、それをどうとも思う気配がない。とんでもない女だが、それがまた眩しかった。

　誰にも言えない気持ちだ。

　なぜそうなのか、自分でも分からない。呆然と、その姿に見とれていた。お吟と父親庄九郎の顔は、まったく似ていない。庄九郎はいかつい強面《こわもて》で、男前とはいえない。あんな娘ができたのは不思議だった。

「おい」

　どれほど船着場に目をやっていたかは分からない。いきなり声掛けをされて、房太郎は我に返った。肩を叩かれて、前につんのめった。

　振り返ると、立っていたのは山野辺だった。

「どうしてここに」

　とは言ったが、互いに福川屋を調べるためなのは明らかだった。それぞれ、ここへやって来た理由を伝えた。房太郎は鈴谷の一件を山野辺から聞いた。

「石川総恒が動きだしたわけですね」

「向こうの動きは早いぞ」

「ぼやぼやしていられませんね。でも、吉也が女遊びをしていたのならば、そこから行方を捜す手はありますね」

それも有効な手立てだと思われる。ただその前に、栃尾丸の乗組員から話を聞くのも大事なことだった。今船着場に停まっているのが、その船だと伝えた。

「よし。ならばその問いかけに、おれも加わろう」

一度船出をしてしまったら、話を聞けるのがいつになるか分からない。

船着場に目をやると、佐太郎とお吟の姿はなくなっていた。それで房太郎は、ほっとした。

水手たちが、船の掃除を始めた。山野辺と房太郎は、船着場に出た。

「船頭の留助に会いたい」

山野辺が見える所にいた男に声をかけた。

「あっしが留助です」

と言って現れたのは、三十代後半とおぼしい日焼けした男だった。山野辺は腰の十手に手を触れさせながら、その場で問いかけを始めた。

「へい。高岡河岸へ、下り物の油百樽を運びました」

迷うことも躊躇うこともなく、初めの問いかけに答えた。不正をしたという意識は、窺えない。

「百樽が、どういういわれの品か分かっていたか」

「はあ、郷倉屋さんから頼まれた品だというのは分かっていやした。あそこの品は、前にも運んだことがありますよ」

油ではなく、木綿や繰綿だったとか。公儀に納める品だとは知らなかった。それを伝えると、「えっ」と驚きの顔になった。

「吉也さんから頼まれた荷でしたから、いわく付きの品だなんて思いもしませんでした」

荷運びの折の様子を詳しく聞いた。

「あんときは確か、油樽百樽と木綿二百反を載せやした。油樽は、汐留川から運ばれてきて、この船に載せやした」

「いつもと、変わったことはなかったのだな」

「ええ」

と言ってから、首を傾げた。少し考えてから、何か思い出した顔になった。

「そういえばあんとき、荷主だった郷倉屋の吉也さんが顔を見せやした。いつもは手代の誰かがついてくるだけだったので、少し驚きやした」

「取り分け大事な品だとか言ったのか」

郷倉屋にとっては、人任せにはできない品だったのは間違いない。手鎖がなければ、庄吉がやって来たかもしれない。

「極上の品だというのは聞きやした。百樽の内の二樽を、祝いとして高岡藩に渡せとも言われやした」

留助は、どのような祝いなのか尋ねたという。祝いの品としては、過分なものだと感じたからだ。長く荷運びをしていれば、下り物の菜種油が高価なのは分かる。

すると吉也は、次のように答えたとか。

「納屋を新築した祝いだが、それには触れなくてよい。向こうが判断をするだろう。ただ二樽の祝いの品の受取証を貰ってくるのを忘れるな」

忘れたならば、輸送料は払わないとさえ言われた。

「まだありました」

留助はそのときの様子を、すっかり思い出したらしかった。

「万一に、二樽の受け取りを断られても、それで引き下がってはいけないと念押しをされました」

「なるほど」

山野辺と房太郎は顔を見合わせた。

必ず受け取らせろという話である。これを解釈すると、油樽を受け取らないかもしれないとの不安を抱いていたことになる。

「受け取られなければ、企みは水の泡だからな」

「となると、郷倉屋と山野辺様が組んで企みを持ち、その何かの代償として高岡藩に油を与えたのではないことになりますね」

房太郎の声は、上ずっていた。

「いかにも、これは大きいぞ」

山野辺の声も弾んでいた。八方塞がりだった道筋に、明かりが見えてきた。留助の発言は、高岡藩が油を横流しする企みに加わっていなかった証拠になる。

「今の話は、公の場に出ても話せるな」

「そりゃあもう。本当のことですから」

留助は頷いた。栃尾丸は、今夜はこのまま船庫に入れられ、明日の夕刻までには、荷を積んで江戸を発つと言われた。

早速正紀に伝え、対策を練ることにした。

このとき、三人がやり取りする姿を、離れた場所から見ていた者がいた。気持ちが高ぶっていた房太郎と山野辺は、気がつかなかったのである。

六

同じ日、正国は城内の大廊下を歩いていて、傍へ寄ってきた石川総恒からいきなり声をかけられた。

「しばし、お付き合いいただきたい」

これまでそういうことは、一度もなかった。できれば関わりたくない相手だ。

しかしお役目は済んだ後だったので、断るわけにはいかなかった。退任が決まっていて、実権のなくなった留守居役ではあるが、まだ現役であることには変わりがない。

大名といえども、無視はできなかった。用人の鈴谷が藩邸を訪ねてきたことは聞いているから、腹をすえた。

他に人のいない用部屋に入って向かい合うと、待ち合わせていたかのように松平信明と久世広民が姿を現した。

用人鈴谷の取引を断っているわけだから、老中や勘定奉行を前にして、公式に話を持ってきたことになる。

「さてどう出てくるのか」

正国は気持ちを引き締めた。

四人は、信明を上座にして腰を下ろした。総恒が小さな咳ばらいを一つしてから、口を切った。

「すでに油漆奉行のもとに納められなくてはならない大坂からの菜種油が、御用を受ける郷倉屋庄吉なる者の手によって持ち去られるという一件がござり申した。ご存じありましょうや」

総恒の言葉に信明と久世は頷いた。油の不着の知らせは、すでに聞いているらしかった。

部屋にある火鉢の炭が、ぱちぱちと爆《は》ぜた。総恒は続けた。

「それに関して、拙者はこれなる受取証を手に入れましてござる」

言ってから、懐から三通の紙片を取り出した。そして一同の前に広げた。どうだ、といった誇らしげな気配さえ感じた。

居合わせた者は、それに目を向けた。

高岡河岸の納屋方橋本利之助が署名し押印した、九十八樽の大坂堺淡路屋よりの菜種油の預かり証と二樽の受取証だった。もう一枚は、山野辺が署名した下り酒の受取証である。

「紙片に捺された印は、高岡藩のものに相違ないでござろうか」

総恒は、わざとらしく丁寧に言った。

「さようでござる」

嘘はつけないから、正国は応じた。しかしそれは、納屋の新築および姫の誕生への祝いの品として受け取ったものであり、運ばれた百樽の油が、油漆奉行に納められる品だということを知らなかったからだと付け足した。

「仮にも当家は、大名家でござる。たかだか二樽の油のために、ご公儀に納められるべき品に手を出すなど間尺に合わぬ話でござる」

企みに加わる、動機がないということも伝えたつもりだった。

しかし信明も久世も、頷きを返さなかった。黙って聞いただけだ。総恒は正国の言葉に動ずることなく告げた。

「この度の企みに、どのような事情があったかは存ぜぬ。されどこの三枚の受取証は、高岡藩及び北町奉行所与力の山野辺蔵之助なる者が、一件に関与していたことを示す証拠であるのは明らかと存じまする。いかがでございましょうや」

「石川殿は、預かり証と受取証をどこで手に入れられたのでござろうか」

高岡河岸から持ち帰った船頭が郷倉屋に渡したのは間違いない。総恒は郷倉屋から手に入れたのは明らかだが、出処は言えないはずだった。

「どのような手立てで手に入れようと、この三枚が取引の証になっていることは間違いござらぬ。ならば手に入れた経緯など、問題ではなかろう」

総恒はしらっと言い切った。

正国は、信明と久世の出方を窺った。この受取証については、言い訳が利かない。

「本件について、すでに油漆奉行の塩沢脩兵衛より知らせを受けてござる」

久世が言った。どのような気持ちで総恒の話を聞いていたのかは、窺えない口調だった。そのまま続けた。

「塩沢は、高岡藩世子正紀殿の訪問を受け、事情を聞いたと申しております」

これを聞いた総恒の表情に、一瞬微かな驚きが浮かんだ。正紀がすでに動いていたことを、総恒は知らなかったらしい。

「正紀殿の申されようは、井上様が今お話しなされたことと重なり申す。さもあろうと存ずる節もあるが、関わりがなかったと明らかになったわけではござらぬ。ならばあい分かったとは、申し上げられませぬ」

「…………」

担当の勘定奉行として、当然の発言だと思って正国は聞いた。信明は無言のまま、前を見詰めている。

「そもそもご公儀へ納める品であったことを知らなかったと、どう証明されるのか。できぬものと存ずる」

久世は、切れ者らしい口調できっぱりと言った。

「いかにもそれは」

正国は口ごもった。その先の言葉が出てこない。

「百樽の一件は、ご公儀の意向に背くものでござる。関与の疑いがあれば、高岡藩はそれを晴らさなくてはなるまい」

「まさしく。仮に出来なければ、それなりの覚悟をお持ちになるのが、当然でございましょう」

応じたのは総恒だった。これが真の狙いに他ならなかった。

「油漆奉行では、荷を持ち去った郷倉屋庄吉を捕らえるべく動いているが、それは高岡藩の嫌疑を晴らすためではござらぬ」

「もちろんのことでござろう」

久世の言葉に正国が応じる。

「疑いを残したまま、年を越すようなことがあっては、藩のおためにはなりますまい」

それまで無言だった信明が、初めて口を開いた。期限を切って、解決を促してきたのである。

「長引いては、ご公儀の威光に傷がつき申す」

告げられた正国は、腋《わき》の下に冷たい汗が流れたのを感じた。

第四章　鉄砲洲稲荷《てっぽうずいなり》

一

北町奉行所に出仕した山野辺は、奉行の初鹿野信興《はじかののぶおき》に面会を求めた。しかし来客があるというので、待てと告げられた。町奉行職は多忙だから、待たされるのは仕方がなかった。

昨日福川屋の船着場で聞いた船頭留助の話を、伝えなくてはと考えていた。奸計に嵌まった一件を早く奉行に伝えなくてはと思ってはいたが、気が重くてすぐにはできなかった。

騙されたとはいえ、偽の祝いの品を受け取ったことを恥じたからだ。

船頭留助の証言を得て、ようやく彼方に明るみが見えてきた。これでようやく話ができると判断した。

「来客はどうやら、勘定方のようです」

小者が言った。嫌な予感がした。一刻（二時間）以上待たされて、こちらが改めて申し入れをする前に初鹿野から呼ばれた。

奉行の用部屋へ行くと、うるさ型の年番方《ねんばんかた》与力島貫軍兵衛《しまぬきぐんべえ》がいた。島貫は与力の中でも最古参で、日頃から傲岸《ごうがん》な態度や物言いをした。山野辺とは反りが合わない人物といってよかった。

「ご無礼つかまつりまする」

部屋に入ると、二人から向けられる目の厳しさにどきりとした。やはり来客の勘定方は、油樽にまつわる話をしに来たのだと悟った。

「勘定方の油漆奉行に納めるはずの下り物の菜種油百樽を、他所に回した諸色問屋郷倉屋庄吉を存じておるな」

問いかけてきたのは島貫だ。冷ややかな口調だった。

「はあ」

知らないとは言えない。その関係について、伝えるつもりだった。

「その方、郷倉屋庄吉なる者から、法外な進物を受け取ったそうではないか」

「………」

「どのような便宜を図ったのか」

決めつけるような口ぶりが不快だった。

「便宜など、図っておりませぬ」

進物の品を受け取ったのは事実だから、気持ちに怯みがあった。口調が弱くなっていて、そういう自分が歯痒《はがゆ》かった。

「四斗の下り酒だというではないか。そんな高直な品を、その方は日頃ためらいもなく受け取っているのか」

これもきつい口調だった。

「それは、高岡藩の世子正紀殿からの祝いの品だと勘違いしたからでござる」

正紀に迷惑をかけることではないので告げた。

島貫はふんといった顔をしてから、言い返した。

「その方は、送り主が誰か確かめもしないで受け取るのか」

これも身に響く言葉だった。縁談が纏まった直後に、正紀からの祝いの品と一緒に送られてきた。そうでなければ、送り主が誰か確かめた。郷倉屋が贈り主ならば、受け取らなかった。

「口先だけならば、何とでも言えるぞ。四斗の下り酒を、勘違いで受け取っただけだと証明できるか」

ここまで言われると、返答がしにくい。しかし黙っているわけにはいかないので返した。

「同じ日に、同じ酒問屋が運んできましたゆえ」

要領を得ない返答で、島貫は苛立ったらしかった。

「ええい、どこまで女々しい言い訳をするのか」

怒鳴られた。便宜を与えた報酬として受け取ったと決めつけている。何も言わない初鹿野も、同じ思いなのだろう。

黙っていれば、賄賂と認めたことになる。こちらの言いたいことも伝えなくてはならない。

「されば、調べを入れましてございます」

初鹿野に顔を向けて言った。ここで怯んではいられない。

「百樽の菜種油を運んだのは、海辺大工町の船問屋福川屋の栃尾丸で、その船頭をしていた留助なる者に会い、運んだ折の話を聞きましてございます」

「うむ」

初鹿野は、聞こうという姿勢を見せた。

山野辺は、留助から聞いた一部始終を伝えた。

「留助は、公の場に出て証言もすると申しております」

袖の下を得て便宜を図ったのではないことだけは伝えたかった。

「ほう」

それでわずかに、島貫の表情が変わった。

「留助なる船頭はどういたしたのか」

黙って聞いていた初鹿野が、口を開いた。

「えっ」

何もしていない。今日、江戸を発つということだけは聞いていた。

「そのままにしておるのか。万が一にも、郷倉屋が気づいたら、何をするか知れたものではないぞ」

島貫が続けた。山野辺は、はっとした。二人に言われたことは、配慮をするべきだった。

「くそっ」

胸の内で、己を罵《ののし》った。自分自身のことだからか、冷静さに欠けている。

「この件については、勘定奉行の久世殿より、油漆奉行に助勢するようにとの依頼があった。とはいえ、そこに嫌疑を受けているその方を加えるわけにはいかぬ」

「ははっ」

初鹿野の言葉に、山野辺は頭を下げた。

「高岡藩の受取証には、その方の名が記されていた。しかしそこに、その方の署名があったわけではなかった。勝手にその方の名を使ったとも考えられる。疑うのは、酒の進物を受け取っているからだ」

「さ、さようで」

「疑いを晴らすのは勝手である。しかしときをかけるわけにはいかぬ。期日は年内までと考えよ」

初鹿野の方が、島貫よりも山野辺の言い分に耳を傾けてくれている。しかし初鹿野は、山野辺の話を聞いても、疑いが消えたとは言っていない。動かぬ証拠を並べ、自ら潔白を示せと言っている。また期限が守れなかった場合のことには触れなかったが、正紀ともどもただで済むわけがない。

奉行の部屋を出た山野辺は、深川へ向けて急いだ。初鹿野らに言われた通り、留助をそのままにしたのはまずかった。口書きを取り署名をさせて、証人も立てておくべきだった。

船問屋福川屋へ行って、遅れればせながらそれをするつもりでいた。栃尾丸と留助は、今日荷を積んで江戸を発つと言っていた。

小名木川の河岸場が見える所に出た。

「おおっ」

船着場には、停泊していた栃尾丸の姿はなかった。船着場にいた、他の船の水手らしい男に、「栃尾丸はどうしたか」と尋ねた。

「四つ半（午前十一時）くらいに、仙台堀《せんだいぼり》の味噌問屋の荷を積みました。今頃は関宿へ向けて、船出をしているはずです」

「な、何だと」

昨日は、今日の夕方までにと言っていた。

「出航が、急に早くなりました」

男は山野辺の剣幕に押されて、体を引いて答えた。

こうなっては、どうにもならない。あるいはという気持ちで、山野辺は仙台堀へ走った。

そこにも、栃尾丸の姿はなかった。

「郷倉屋が気づいたら、何をするか知れたものではない」

と言った島貫の言葉が、胸に染みた。

船着場にいた者に聞くと、四半刻ほど前に荷を積み終えて出航したそうな。

山野辺は呆然と立ち尽くした。だが少しして、誰かが自分を見ていると感じて我に返った。そちらに目を向けると、美しい娘がこちらを見ていた。目が合うと、娘はすぐにそらして立ち去ってしまった。

蓬莱屋のお吟だった。

二

正国が老中、勘定奉行を前にして、石川総恒の問い質しを受けた日、正紀は兄睦群と面会し帰宅した後、国許の水路の普請についての話し合いがあって、再び屋敷を出ることができなかった。来客があり、田を守るための施策は、藩の重要事項だ。

夕刻、正国から城内での話を聞き、屋敷へ訪ねて来た山野辺から、吉也の悪所通いや留助と会ったという話を聞いた。

信明からは正国が、年内いっぱいで疑惑を晴らすよう申し渡された。

浮かない気持ちで、正紀は京の部屋へ行った。乳母もついているが、正紀が部屋に入ると、遠慮をして姿を消した。親子三人の部屋になる。

「孝姫、達者に過ごしておったか」

朝に顔を見たばかりだが、正紀はそう声をかける。そして顔を近付けた。孝姫は起きていて、正紀の顔を見つめ返した。

「おれの顔が、分かるのであろうか」

それが気にかかって、京に問いかけた。

「分かりますよ。毎日目にする殿方の顔は、正紀さまだけですから」

「そうか」

孝姫に笑いかける。しかしそれに対する反応はなかった。そしてしばらくして「めえ」と泣いた。

京が抱き上げる。少しあやすと、泣き止んだ。

「おれが泣かせたのか」

「さあ、どうでございましょう」

京は歳上だが、赤子ができてまた少し大人びた感じがした。孝姫を自分が泣かせて、京が抱いて泣き止んだのは、面白くなかった。

孝姫が寝付いてから、正紀は睦群の言葉や、正国が城内で信明から告げられた内容について京に話した。山野辺が留助と話した一件にも触れた。

「留助からうまく証言が得られればいいですね」

「まったくだ」

京は少しの間考えるふうを見せてから口を開いた。

「石川さまと蓬莱屋、それに郷倉屋の三人は、それぞれ勝手に動いているのではありますまい。どこかで必ず会っていると思われますが」

「まあ、そうであろうな」

「どこで会っているか、その場を摑めないでしょうか」

「それはそうだな」

吉也が女郎屋通いをしていたことまでは分かったが、その見世は知れない。

となると京の言う通り、三人が会う場所を摑めれば、庄吉を捕縛することに繋がる。

翌日は、正紀でなくてはならないという案件はなかった。家中のことは佐名木に任せて、正紀は朝から青山と植村を伴って高岡藩の上屋敷を出た。

蓬莱屋は店こそ閉じているが、商いは裏でやっていた。近所の者に聞くと、時折仙吉を始めとする手代や小僧が、店を出てゆくそうな。倉庫には、多数の在庫を抱えている。

表向きは神妙にしていても、気づかれないように勝手なことをしている。土地の岡っ引きに、鼻薬をかがせているのは明らかだ。

手鎖の庄九郎は、近所の者が見る限りでは外に出ていない。

「繋ぎ役をするならば、郷倉屋から移った仙吉あたりではないでしょうか」

植村は繰綿に関する調べで、何度か郷倉屋の様子を見にいった。そのとき見た仙吉の顔は覚えている。

「ならば、出てきたらつけよう」

それがいつになるかは分からない。しかし他に手立てはなかった。三人はやや離れたところにある物陰に身を潜めた。

半刻（一時間）ほどの間、出て行く者はなく、訪ねて来る者もいなかった。繁華な通りは、絶え間なく人や荷車が通り過ぎる。蜜柑《みかん》の振り売りが、呼び声を上げて目の前を歩いて行った。

せっかちな植村が、ため息を二つ吐いたとき、店の横の路地から手代ふうの男が現れた。

「あれが仙吉です」

植村が指さして言った。日本橋方面に歩いてゆく。植村がつけていった。

その間に何があるか分からないので、正紀と青山は残った。

「どこかの料理屋へ行って、今夜三人が会うための打ち合わせをするのだと面白いのですが」

青山が言った。

しかし期待もむなしく、四半刻もしないで戻って来た。

「日本橋川の納屋へ行って、荷出しをしてきただけでした」

植村は拍子抜けしたといった顔で言った。荷を積み込んだ船は、福川屋のものではなかった。

次に出てきたのは番頭で、これは青山がつけた。そして間を置かず現れたのは、お吟だった。

「よし。おれがつけよう」

正紀がつけることにした。

お吟は迷うことのない足取りで歩いて、日本橋川の河岸道まで出た。そして川に沿って東へ歩き、永代橋を東へ渡った。途中、すれ違う若い衆は、器量よしのお吟を見て振り返る。

立ち止まることもなく歩いて、行き着いた場所は、仙台堀河岸永堀町《ながほりちょう》の味噌問屋の船着場だった。

ここでは二百石の荷船に、味噌樽が積み込まれているところだった。人足たちの掛け声が、空に響いている。

お吟は指図をする佐太郎と船頭らしい男の傍に寄って、親し気に話しかけた。その場には、もう一人着流しの男がいた。日焼けをした顔で、この男も船頭らしかった。

「おや」

四人の様子を見てから周囲に目をやると、店の木看板の陰に身を置いている痩せた貧相な男がいるのに気がついた。房太郎である。

「あいつ、まだお吟をあきらめずにいたのか」

と呟いてみたが、お吟がここへ来ることを知っていたかどうかは分からなかった。

正紀は傍に寄って声掛けをした。

「あれが、高岡河岸へ百樽の菜種油を運んだ船です」

房太郎はお吟のことには触れず、荷船に目をやって言った。船首に、栃尾丸という文字が読めた。さらに房太郎は、着流し姿の男を指差した。

「あれが、栃尾丸の船頭留助です」

「ならばあの者、このまま江戸を発たせてしまうわけにはいかぬな」

昨日屋敷へ山野辺がやって来て、留助から証言を得た話は聞いていたので、すぐにその言葉が出た。

「はい。留助さんから口書きを取って、署名をさせなくてはいけません」

今朝急に思い立ったから、房太郎はここへやって来たのだとか。

「しかしここに、お吟がいるのはなぜか」

正紀は腑に落ちない。

「福川屋に嫁入ることが決まっているから、佐太郎の仕事ぶりでも見に来たんでしょう」

房太郎は一気に言った。おもしろくないという気持ちが、口ぶりから感じられた。

ならばそれ以上、触れるつもりはない。

「あの者たちは、何を話しているのであろうか」

他の気になることに話を変えた。話し声は、正紀のところまでは聞こえない。

こうしている間にも、荷積みは終わっていた。人足たちは引き上げ、水手らは船に乗り込んだ。ただ不審なのは、留助が着流し姿だということである。船に乗り込む姿には見えなかった。

案の定、船に乗り込んだのは留助ではなかった。四人で話をしていた、もう一人の男だった。

「船頭が、代わるようだな」

「何か事情があったのでしょう。蓬莱屋が絡んでいるかもしれません。お吟があそこにいるのは、何か意味があるようにも感じます」

艫綱《ともづな》を外した栃尾丸は、船着場から離れた。佐太郎とお吟、留助は出て行く船を見送った。

「留助は、どうするのか」

すぐにでも山野辺のもとへ連れて行き、口書きを取りたいところだが、どのような動きをするのか確かめてもみたかった。

三人は土手に上がったが、留助はそこで二人と別れた。隣にある小さな船着場へ降りて行った。

「どこかへ行くようですね」

房太郎が言うように、船着場へ降りた留助は、舫《もや》ってあった小舟に乗り込んだ。艫綱を解いて、艪《ろ》を握った。素早い、手慣れた動きだった。

水面を滑り出た小舟は、西に向かって進んだ。

「追うぞ」

正紀は言ったが、あいにく近くを通る舟がなかった。どうにもならない。さすがに慌てた。

留助の艪捌きは、見事なものだ。ぐいぐいと進んでゆく。

「河岸の道を追うしかあるまい」

言い終わらないうちに、正紀は駆け出した。房太郎も必死についてくる。正紀は道を歩いている者とぶつかりそうになって、慌てて避けた。

三

正紀がお吟をつけて行った後、植村は蓬莱屋が見える場所に残って、一人で見張りを続けていた。店には庄九郎や仙吉が残っている。青山はまだ戻って来なかった。

風が冷たいから、じっと立っているのは辛い。二八蕎麦《そば》の屋台が前を通り過ぎて、流れてくる出汁《だし》のにおいに気持ちが奪われた。食べようかと思ったとき、店横の路地から仙吉が姿を見せた。

「よし」

蕎麦はあきらめて、仙吉の後をつけて行く。西に向かって歩いて、城の堀に出た。それに沿って、北西に向かう。脇目も振らずに歩いていた。武家地に入っても、歩みは変わらなかった。

九段坂《くだんざか》を上って、左手に見える田安《たやす》御門の前を通り過ぎた。枯れ落ち葉が堀の水面に浮いていた。

仙吉が立ち止まったのは、麴町にある間口が五十間（約九十メートル）近くありそうな大身旗本の屋敷前だった。門番所に声をかけると、さして待つこともなく潜り戸が内側から開かれた。

植村は近くにあった辻番小屋へ行って、屋敷の主を尋ねた。

「石川総恒様です」

番人は答えた。そこで小銭を与え、小屋の中に入れてもらった。そこから門の様子を眺めることにした。

体が大きいから、門前にいればいやでも目立ってしまう。

「とうとう、動き始めたな」

胸が高鳴った。何かの動きがあるのは、もう間違いない。

さして間を置かず、仙吉が潜り戸から外へ出てきた。一瞬つけるべきかとも考えたが、やめた。

「店に帰るだけだろう」

と考えたからだ。必ず石川屋敷で、何かの動きがあると信じた。予想通り、潜り戸が内側から開かれた。出てきたのは、長身痩軀の二十代半ばの侍だった。顔が見えた。通りに出ると、手に持っていた深編笠を被った。

「あの侍は、何者か」

横にいた番人に尋ねた。

「あれは、大田原という、ご家中の侍です」

大田原は、九段方面に向かって足早に歩いてゆく。植村は充分な間を空けてつけた。足早に歩いて、人気のない武家地から町地に出た。こちらは通行人で賑わっている。大田原は背が高いので、離れていても見失う虞《おそれ》はなかった。

八つ小路の雑踏の中に出た。幟旗《のぼりばた》を立てた屋台店や大道芸人が人を集めている。大田原は、その人の群れの中に入った。

「これは」

植村は少し慌てた。人が多いので歩きにくい。進もうとする前に、人が現れる。

長身の大田原の姿は目につくが、距離が徐々に離れて行く。しかし目の前にいる年寄を、突き飛ばすわけにはいかない。

それでも人を掻き分け、前に進む。だがそこで、誰かの体がぶつかった。若いお店者ふうだ。

「あいすみません」

そう言ってお店者は頭を下げた。植村はそれに目をやったが、すぐに雑踏の中に目を戻した。

「くそっ」

声を上げた。目立つはずの大田原の姿が見えなくなっている。見失った場所まで行っても、どこにもそれらしい姿は見当たらなかった。

留助が漕ぐ小舟は、仙台堀の水面をぐいぐいと大川方面に進んでゆく。河口に近い上《かみ》の橋が目の前に迫っていた。

「大川に出られたら、もう追えないぞ」

正紀は焦った。体力のない房太郎は、だいぶ遅れている。

上の橋の袂に、人だかりがあった。怒声《どせい》や悲鳴が上がっている。木材のぶつかる音も聞こえた。何か騒ぎがあったらしい。

目を凝らすと、材木を積んだ荷車が、何かの事情で荷崩れを起こしたらしいと分かった。材木の下敷きになって、動けない者がいる。

「ひいっ。た、助けてくれ」

身動きが出来ず、掠れた力のない声で助けを求めている。泣き顔を見ると、十七、八歳の小僧である。

上半身は動かせるので、手をばたつかせるが、体に被さる材木で、身動きができない。どこかを骨折しているのかもしれない。額に角材が当たったのか、かなりの出血もあった。救い出して、早急に手当てを受けさせなくてはならなかった。

「見ていねえで、手を貸せ。一本ずつどかすんだ」

誰かが声を上げた。

まず人足ふうの二人が駆け寄った。上にある角材の両端を手にして、掛け声と共に持ち上げた。次はお店者と豆腐屋の初老の親仁で、分厚い板材に取り掛かった。しかし豆腐屋の親仁は、腰がふらついている。今にも手から板材を落としてしまいそうだった。

「うむ」

こうなると、そのままにはしておけない。正紀は荷車に近寄った。そして滑り落ちそうになっていた板材に手を添えた。

「やっ」

人のいない道端へ投げた。もう留助を追うことはできない。正紀は残っていた材木をどかすのにも力を貸した。

遅れて走っていた房太郎は、息も絶え絶えになっていた。前を走る正紀には、追いつけそうもなかった。留助の小舟は、上の橋に近づいている。

「ああ、あれは」

上の橋の袂で、何かが起こっている。事故があったらしいのは、離れていても分かった。どうやら荷車の材木が崩れて、人が下敷きになっているらしい。

救いの手が必要なのは間違いなかった。

ただ膂力《りょりょく》がない房太郎は、自分がそこへ行っても役に立たないのは分かった。見ていると、正紀が手を貸し始めた。正紀ならば、人が助けを求めていたら、放っては置けないだろうと思った。それはそれで仕方がない。しかし自分は、できないことをするつもりはなかった。

留助を追う。

近くの船着場に目をやる。すると猪牙舟《ちょきぶね》が、人を下ろしたところだった。

「ああ、あれだ」

房太郎は残っている力を振り絞って、船着場へ駆け寄った。空いた猪牙舟に乗り込んだのである。

「あの舟を追ってくれ」

船頭に告げた。留助の小舟はすでに上の橋を潜って、大川に出ようとしていた。しかしその姿は、はっきりと目にすることができた。

正紀を待っている暇はない。心細いが、一人で追うつもりだった。

猪牙舟が水面を滑り出た。艪捌きは荒っぽいから、船体は上下に揺れた。しかし速力はあった。上の橋を潜り、大川への河口に出た。

留助の小舟も速いが、目の中に捉えていた。大川には他にも船はあるが、邪魔になるわけではなかった。

ただ、大きな船が起こした波で、猪牙舟が持ち上げられて、がくんと沈む。振り落とされそうになって、房太郎は船端《ふなばた》にしがみついた。

目当ての小舟は、対岸に向かっている。川を下って行く形で、永代橋を潜った。

四

永代橋を過ぎても、留助の小舟は河岸に寄せる気配を見せぬまま、大川の河口から江戸の海に出た。潮のにおいが、一気に濃くなった。

海に出ると、揺れが大きくなった。船端にしがみついた房太郎は、船端から手を離せない。

目の前には、ぽっかりと海に浮かぶ、石川島《いしかわじま》が見える。人足寄場《よせば》の建物が見えた。右手は霊岸島だ。

そしてここで、留助の小舟は、霊岸島に回り込むように弧を描いた。八丁堀に入って行く気配だ。

「いよいよだぞ」

と思うと、房太郎は緊張した。何かが起こると思っている。

留助の小舟は、八丁堀に入る手前で止まった。右手には霊岸島、左手には鉄砲洲稲荷の社が見える。そこに近い船着場に停まった。ここには、佃島《つくだじま》や人足寄場へ行く船も停まる。

艫綱を結んで、留助は陸に立った。そのまま、河岸の道に上がってゆく。房太郎が乗る猪牙舟も、同じ場所に寄せた。多めの手間賃を払うと、房太郎は舟から飛び降りた。留助を追ってゆく。

鉄砲洲稲荷は京橋《きょうばし》界隈の産土《うぶすな》だから、それなりの数の参拝客がいる。老夫婦もいれば、お店者や人足ふうの者もいた。娘の姿も見える。屋台店も出ていた。境内《けいだい》で遊ぶ、子どもの声が聞こえた。

鳥居を潜って境内に入った留助は、拝殿で賽銭を入れ柏手《かしわで》を打った。何かを祈念している様子だった。

参拝が済んだ後、留助は境内を見回してから狛犬の傍らに立った。誰かが現れるのを、待っている様子だ。

房太郎は固唾《かたず》を吞んで、樹木の間から見つめる。

待っている時間は長い。いつの間にか、子どもの遊ぶ声は聞こえなくなっていた。ぼんやり境内に目をやっていると、深編笠の侍が留助に寄った。身なりは浪人者ではなく、主持ちの下士といった気配だった。なかなかの長身だ。

それが深編笠を取ることもないまま、留助に声掛けをしたのである。留助は頭を下げて、侍と向かい合った。二言三言、言葉を交わした。

話の中身は聞き取れない。見ている様子では、留助の方が下手に出ていた。

どういう決着になったかは分からないが、二人は狛犬から離れた。房太郎はそれをつける。

行ったのは、拝殿の裏側だった。竹藪《たけやぶ》があって、その先は海だった。波の向こうに、石川島と佃島が見える。

拝殿の表にはそれなりに人がいるが、裏に回る者などいない。

そこで侍が何かを言ったようだ。留助の表情が、そのせいか険悪になった。体を強張らせたのが、離れたところから見ている房太郎にも分かった。

さらに短い言葉を交わしてから、留助は体を離して身構えた。

侍の方は、刀を抜いた。一気に斬りかかったのである。魂消た房太郎は、声も出なかった。

勢いのある一撃だったが、留助はそれを躱《かわ》した。船頭だけあって、さすがに身ごなしの軽い男だった。ただ身には寸鉄《すんてつ》も帯びていないようで、反撃はできなかった。

侍は、休まず二の太刀を繰り出した。

留助は躱そうとして身を斜めにして片足を引いた。侍の動きをよく見ていた。とはいえ、侍も無暗《むやみ》に刀を振ったわけではなかった。留助の肩先が、切っ先で掠られていた。

それで体がぐらついた。

侍はその一瞬を逃さず、さらに太刀を振るった。留助はこれも躱そうとしたが、まだ体勢は整っていなかった。足に力が入っていないようだ。

骨と肉を裁《た》つ鈍い音が聞こえた。

「わあっ」

留助は、肩からばっさりと袈裟に斬られた。侍は、ゆとりのある動きに見えた。返り血を、上手に避けている。

留助は、前のめりに倒れた。侍は身を屈めて、止めを刺そうとした。迷いのない動きだった。

「誰かっ」

ここで房太郎は、ようやく声を上げた。我に返ったのである。

「人殺しだっ」

と続けた。甲高《かんだか》い声になった。助けには入れないが、声だけは出せる。

しかしそれで、侍は動揺したようだ。屈めていた身を、起き上がらせた。そして周囲に目を走らせた。拝殿の裏に人の姿はないが、境内には人がいる。近寄ってくる足音が房太郎にも聞こえた。

「何だ」

「人殺しだって」

何人かの声があって、その声が近くなった。

侍は血刀を握ったまま、その場から離れ、海に近い竹藪に駆け込んだ。慌てていた様子で、深編笠が竹に引っかかって取れた。

房太郎には、その顔が見えた。二十代半ばといった歳に見えた。

竹藪を抜けると、小さな船着場があり、小舟が舫ってあった。残した深編笠にはかまわず、侍は小舟に乗り込んだ。

艫綱を解いて、漕ぎ出した。

他に舟はない。房太郎が追いかけることはできなかった。留助を斬った後、侍はあらかじめ用意しておいた舟で逃げるつもりだったのだと察した。

「ううっ」

という呻き声が聞こえた。倒れている留助の傍に駆け寄った。

「おい。しっかりしろ」

房太郎は、声をかけた。

房太郎の声で集まった人たちも、留助に駆け寄った。

「こりゃあ、ひでえ」

血まみれの姿を目にして、体を震わせた。しかし留助は、まだ死んではいない。

「戸板だ。戸板に乗せろ」

医者に診てもらわなくてはならない。

「どこへ運ぶ」

稲荷の戸板に、留助の体を乗せた。躊躇っている暇はない。どこでもいいから、ここを離れたいが、行き先によっては、再び襲われる虞がある。

「八丁堀の、山野辺屋敷へ」

ここから八丁堀は、目と鼻の先といってよかった。そこならば、襲う方も躊躇うだろう。

「行けっ」

集まった者の一人が、医者を呼びに走った。他の者は、戸板を担ぎ上げた。

「こっちだ」

房太郎が道案内をした。

「たいへんです。斬られました」

山野辺屋敷の門を潜った房太郎は、叫んだ。

「まあ、これは」

奥から顔を見せた甲と弓は、血まみれの留助を見て声を上げた。

「さあ、こちらへ」

理由《わけ》も訊かずに奥の部屋へ運ばせた。初めこそは動揺したようだが、甲はすぐにきっとした顔になって指図をした。そこへ三十歳前後の医者が駆けつけてきた。蘭方の医者だという。

手当てが始まった。

「これは深手だ。鎖骨と肉が裁たれていますぞ」

医者は声を上げた。甲が、新しい晒《さらし》と真綿を持ってきた。弓は湯を沸かし始めた。

医者は消毒をすると傷口を縫い始めた。

房太郎らは、治療の部屋から外に出た。手当てがされる中で、死んだと言われても驚かない。それほどの傷だった。

運んで来た者数人が、手当ての結果を案じて残っていた。

半刻近くがたった。治療を済ませた医者が、姿を現した。疲れた顔になっている。

「重傷です。できることはいたしたが、命の保証はできませぬな」

残った者は、息を呑んだ。

「でも、い、生きているわけですね」

房太郎は問いかけた。

「今は、です。患者に生きる力がなければ、どうにもなりません。意識が戻らず、帰らぬ人になるかもしれません」

しかし死ぬとは断言しなかった。

戸板を運んできて残っていた者は、それで神妙に頭を下げると引き上げていった。

そこで房太郎は、初対面の挨拶もそこそこに、甲と弓に、山野辺と正紀が罠に嵌まり追いつめられていること、二人の潔白を晴らす上で留助の証言が重要なことなど、知っていることを洗いざらい伝えた。

「だから郷倉屋らは、留助どのを殺そうとしたわけですね」

弓が怒りを抑えながら言った。

「分かりました。そうとなったら、何としても命を繋ぎとめられるように、看病いたしましょう」

甲は決意を口にした。弓も頷いている。症状は予断を許さないが、心強い言葉だった。

房太郎は屋敷を出て、蓬莱屋を見張っている場へ行った。その場所には、正紀と青山、植村の三人が顔を揃えていた。

すぐに、留助の身に起こった出来事を伝えた。

「おお、そうか。よく追いかけた」

正紀はまずは房太郎の労をねぎらい、そして言い足した。

「何としても、生きていてもらわねばならぬ」

祈るような表情だ。青山と植村が、大きく頷いた。皆で、山野辺屋敷へ駆けた。

五

正紀らが八丁堀の屋敷に駆け込んだときには、すでに山野辺が戻って来ていた。

「房太郎の働きで、留助はとりあえず命を取り留めているぞ」

山野辺が言った。とはいっても、この先どうなるか分からない昏睡《こんすい》状態だった。甲と弓が看病に当たっている。

座敷に腰を下ろした正紀たちに茶を運んで来たのは、初めて見る十七、八歳の娘だった。

「お疲れさまにございます」

と挨拶をした。

「こちらは綾芽殿だ」

やや照れた顔になって、山野辺が紹介した。

「そうであろうと思った。愛らしい娘ではないか」

正紀は感じたことをそのまま口にした。青山らも頷いている。

「そうか」

山野辺はまんざらでもない顔をしたが、綾芽は恥ずかしかったらしく、すぐに座敷から出て行ってしまった。

「裁縫の稽古に来たのだが、留助のことを知って、山野辺家の手伝いをしている。頼んだわけではないのだが」

血のついた留助の着物を、洗って干したのだそうな。

「そうか。血のついた着物に手を触れるのにはためらいがあっただろうが、誰かがやらなくてはならない仕事だからな」

再び留助が袖を通すことを祈って洗ってくれたに違いない。

「乾いたならば、裂けた部分を縫うと言っている」

「すっかり、山野辺家の者になっているではないか」

と正紀が言うと、山野辺は少し困惑顔になった。石川家や郷倉屋が絡む難事件を抱えている。場合によっては、破談もありえる。

祝言へ持って行くためには、この件を解決しなくてはならない。正紀は房太郎や植村らの言葉から、改めて状況を整理した。

「昨日、私と山野辺様は、栃尾丸から降りた留助さんと話をしました。その様子を、お吟は見ていたのだと思います」

「なるほど、都合の悪いことを喋ったのではないかと考えたわけだな」

房太郎の言葉に、山野辺が応じた。苦々しい顔だ。

「何を話したのか、お吟が留助に尋ねたのは間違いない。お吟は房太郎の顔を知っているからな、怪しむのは当然だ。しかも与力の山野辺までが一緒だったわけだからな」

「お吟はそれを、庄九郎に伝えたことでしょう」

「話を聞いて、殺してしまおうと決めたわけですね」

正紀が言うと、青山と植村が続けた。

「それならば、船頭を交代させたのも頷けるぞ」

と山野辺。

「佐太郎は、企みに加わっているのでしょうか」

植村の疑問だ。栃尾丸は福川屋のもので、留助はそこの雇われ船頭だから、船頭を代える権限は佐太郎にあると考えられる。

「五分五分だな。悪事の仲間は、増やさない方がいい。そこから企みが漏れることもある。福川屋は、我らに恨みはないからな。ただお吟は、福川屋へ嫁入る立場だから、佐太郎は頼まれれば願いを聞くだろう」

「ええ、お吟は自分に都合のいい理由をでっち上げればいいんです」

房太郎は怒りのこもった声で言った。

「留助には、金になる話があるとか言って、鉄砲洲稲荷に呼び出したのだろう。向こうは拝殿の裏手に、船着場があることも知っていた」

正紀が告げると、一同は頷いた。そして留助を斬ったのは誰か、という話になった。

「それは、大田原に違いありませぬ」

植村が言った。すでに屋敷から後をつけた顛末は、話していた。

「勘づかれたのかもしれません」

元気なく付け足した。見失わずにつけていたら、留助に怪我をさせることはなかったかもしれないとの思いがあるようだ。

「密かに人を斬るつもりならば、つけている者がいないか、気を配るだろう」

正紀は慰めた。

「まずは佐太郎から話を聞こう」

話がまとまると、一同は腰を上げた。

正紀と山野辺、房太郎は海辺大工町の福川屋へ向かう。青山と植村は、大田原が戻ったかどうか確かめるために石川屋敷へ行く。

福川屋で佐太郎を呼び出した。事前に、お吟がいないことは小僧に確かめていた。

「留助が、斬られたぞ」

山野辺が告げた。佐太郎の表情を、正紀は細心の注意を払って見ている。

「ええっ」

佐太郎は、いかにも仰天したという顔をした。知っていて驚いたふりをしたようには見えなかった。

「生きているので」

恐る恐る聞いてきた。

「虫の息だ」

佐太郎は息を呑んで、その言葉を聞いた。死んだ方がいいのか、生きていて欲しいのか、見ている限りでは本音は分からない。

「やられたのは、どこでですか」

「栃尾丸を見送ってから、小舟に乗った。着いた先の鉄砲洲稲荷の境内でだ。何か思い当たることがあるか」

「と、とんでもない」

慌てて手を横に振った。今どこにいるのかというので、手当てをして、北町奉行所の与力の屋敷にいると伝えた。

「うちで引き取り、手当てをいたします。私どもの船頭ですから」

佐太郎は、留助が手当てを受けたことについて礼を口にしてから続けた。船問屋としては、当然の申し出だが、引き渡すことはできなかった。

「今は動かせる状態ではない」

というのはもちろんだが、それだけではない。福川屋に渡しては、庄九郎や庄吉が放っておかないだろう。

ここで訪ねた本題に入った。

「留助は、出立した栃尾丸には乗らなかった。なぜか」

山野辺が問いかけた。正紀と房太郎は横で聞いている。

「留助に、代わってほしいと頼まれたからです」

「お吟が言ったのではないのか」

「違います。あの人は、船頭や水手について口を挟んだりしません」

佐太郎は迷う様子もなく、あっさりと告げた。

「お吟は船頭が交代することを、知っていたか」

「さあ、私は話していません」

少し不満そうな口ぶりになった。留助が斬られたことについて、お吟が関わっている。山野辺がそう考えての問いかけだと感じたからかもしれない。

「留助が交代したいと願った理由は何か」

「縁者に不幸があって、通夜と葬儀に出たいと言われました」

そう告げられたら、雇い主としては無下にはできなかっただろう。

「江戸に縁者がいたのか」

「詳しい話は聞いていませんが、いるという話は前に聞いたことがあります」

留助は関宿の生まれで、伝手《つて》を得て福川屋の水手になった。そして七年前に船頭を任された。女房や子どもはいなかった。海辺大工町に長屋を借りていたが、江戸を出ていることの方が多かった。

「昨日も今日も、お吟は栃尾丸の様子を見に来ていたが、何をしに来たのか」

これも聞いておかなくてはならなかった。

「私の仕事ぶりを見たいということで」

佐太郎はまんざらでもない顔で答えた。

「留助が乗る船だと、知っていたのか」

「それは前に話しました」

留助が交代を願い出たのは昨夜で、そのことはお吟はもちろん、蓬莱屋には伝えていなかった。

今日は船の荷入れの立ち会いと引き継ぎで、仙台堀河岸まで留助はやって来た。そこから栃尾丸が出帆することは前から決まっていたので、お吟は仙台堀河岸へやって来た。それが佐太郎の説明だった。

話の筋は通っている。

「では留助の縁者が亡くなった知らせは、いつ、どこで聞いたのだろうか。誰か知らせの者が訪ねて来たのか」

不審を抱いた正紀が尋ねた。

「いえ、それには気がつきませんでした。長屋へでも行ったのではないでしょうか」

正紀はそんな知らせは来ていないと踏んでいる。山野辺も房太郎も同じように感じているはずだった。留助に確かめたいが、今はまだ無理だ。

「お教えください。お吟さんはこの一件に、何か関わっているのでしょうか」

佐太郎が、深刻な表情で問いかけてきた。祝言を挙げる相手だから、気になるのは当然だろう。

「関わりがあるかどうかは、分からぬ。ただお吟と留助は、昨日の夕刻二人で話をしていた。だから聞いたのだ」

これは山野辺が鎌を掛けたに過ぎない。しかし聞いていた正紀は、そういうことがあったかもしれないと考えた。お吟かあるいは仙吉あたりが、留助に船頭を代わるよう、話を持ちかけたのかもしれない。

「お吟さんは、物騒な事件に関わるような人ではありません。私との祝言を楽しみにしております」

「まあ、そうであろう。念のために訊いたのだ」

山野辺としては、今はそう答えるしかなかっただろう。だがこのとき正紀は、房太郎に目をやった。何も言わないで俯いているが、唇を嚙み締めているのは明らかだった。

その姿を、正紀は不憫に感じた。

六

正紀は山野辺と房太郎を伴って、日本橋室町の蓬莱屋へ行った。お吟に問い質しをするつもりだった。

「おまえは、無理に行かなくてもよいぞ」

「いえ、行きます。最後まで、お供しますよ」

正紀の言葉に、房太郎は不服そうな声で答えた。行けば、間違いなく嫌な思いをする。けれどもここまできて、行かないわけにはいかない。そういう気持ちだと察せられた。

蓬莱屋の裏木戸に回って、山野辺がお吟を呼び出した。身分を伝えた上でだ。

「はい。どういう御用でございましょうか」

愛想《あいそう》よく、お吟は出てきた。房太郎は正紀と山野辺の後ろにいたが、すぐ気づいたらしかった。微かに不快さを面に浮かべたが、それは一瞬だった。まったく無視して、山野辺と正紀にだけ目を向けた。

山野辺は、それに気を留める様子もなく留助が斬られたことを伝えた。

「福川屋さんの、船頭さんですね」

驚いた顔はしたが、落ち着いて何者かを確かめた。近い者ではないという印象を与える。ただ白々しい芝居にも思えた。

「昨日と今日、その方は留助と会っているはずだが、どのような話をしたのか」

「挨拶をいたしました。それから、栃尾丸の航行について、いろいろ聞きました。船のことや、河岸場のこともです」

お吟は山野辺の目を、しっかり見返して答えた。お吟が留助と直に話していたと認めたのは収穫だ。

「なぜ昨日と今日、留助のいる船着場へ行ったのか」

「留助さんがいるから、行ったのではありません。関宿へ立つ栃尾丸の様子を見に行ったのです」

「見にな」

言い方に、疑う気配を含ませている。

「私は福川屋に嫁入る者でございます、どのような仕事なのか、見ておきたいと思いました」

船問屋のことは、どんなことでも知りたいのだと言い添えた。お吟は「嫁入る」というところで、一瞬、房太郎に目をやっている。

房太郎は、反応をしない。

「あの者が斬られたことについて、思い当たる節はないか」

「さあ。まだ何度も話をしたわけではないので」

首を横に振った。なぜそのようなことを訊くのか、といった表情になった。房太郎がいることや、問いかけられることが気に入らないのだろう。

「昨日留助と話をしたのは、船着場でだけか」

「はい。そうでした」

このとき、一瞬目が泳いだ。そして次は、神妙な面持ちになって問いかけてきた。

「留助さんの怪我の具合は、いかがでしょうか」

佐太郎はいの一番に訊いてきたが、お吟はここに至ってようやく思いついたといった気配だった。どこに運ばれたかも、訊いてはこない。ある程度まで、分かっているのかもしれない。

蓬莱屋の小僧や石川家の家臣が、鉄砲洲稲荷で聞き込みをすれば、留助がその後どうなったかは知れるはずだった。

「虫の息だ。今夜あたりがやまだろう」

「ご快癒《かいゆ》を、お祈りします」

取って付けたような言い方だった。とはいえ、襤褸《ぼろ》を出したわけではなかった。

麹町の石川屋敷へ行った植村と青山は、前に植村が話を聞いた辻番所へ行った。

「大田原は、戻って来たかね」

植村が、番人の老人の袂に小銭を落としながら問いかけた。八つ小路で見失って、半刻以内で戻っていたら、鉄砲洲稲荷での犯行は難しい。

「そういえば、戻ってきましたね」

屋敷に戻る姿を見ていたようだ。人通りは少ないから、足音がすれば目をやるらしい。

「いつ頃だ」

「四半刻くらい前ですね」

「深編笠を、被っていたか」

「被っていませんでした」

深編笠は、鉄砲洲稲荷で落としている。植村と青山は顔を見合わせた。

「参考になったぞ」

辻番所から離れて、二人は石川家の重厚な長屋門に目をやった。

「鉄砲洲稲荷で一仕事して、戻ってくるのにちょうどいいのではないですか」

「うむ。日本橋室町の蓬莱屋に寄る暇もあったのではないか」

植村と青山は、それで石川屋敷から離れた。


正紀と山野辺、房太郎はお吟を店に戻し、蓬莱屋の敷地から出た。

「今のままでは、向こうの筋書きは崩せませんね」

表通りに出たところで、房太郎は悔しそうに言った。お吟と離れて、どこかほっとしているようにもうかがえる。

「お吟は、船着場以外では留助と会っていないとしたが嘘だな。気持ちの揺れが顔に出ていた」

「必ずどこかで、留助と話をしているぞ。おいしい餌をちらつかせてな」

山野辺の言葉に、正紀が応じた。

「どこで話をしたのでしょうか。私はそれを探します」

房太郎が、気迫のこもった声で言った。

たった今、お吟の間近にいながら、いない者として扱われた。それが悔しさを越えて、怒りになっているのかもしれなかった。

「栃尾丸の水手がいれば、聞き出せるのだがな」

山野辺は言ったが、栃尾丸はすでに江戸を発った。まずは小名木川の河岸道で尋ねてみると房太郎は告げた。

「よし。おれも行こう」

正紀と山野辺も、小名木川河岸へ向かう。万年橋の袂で、三人は手分けして聞き込みをすることにした。

正紀は、川の北河岸を当たる。河口に近いあたりには大名家下屋敷の練塀があるだけなので、六間堀《ろっけんぼり》の河岸に出た。竪川《たてかわ》と小名木川を南北に繋ぐ堀だ。大名屋敷を過ぎると、町家が現れる。

「お吟さんというのは、福川屋さんの若旦那と祝言を挙げる人だね。ありゃあ、とてつもない器量よしだ」

二人目に声掛けした豆腐屋の親仁が言った。対岸のことでも、噂になったらしい。

ただ昨日は、お吟の姿を見かけていなかった。

他の者に、声掛けを続ける。声掛けをして、半分くらいの者は福川屋佐太郎とお吟のことは知っていた。昨日姿を見たという者もいたが、留助と一緒ではなかった。

「まあ目立つようなところでは、話などしないだろう」

正紀は呟いた。交わした内容は、道端の立ち話で済ませられるものではない。

あれこれ問いかけをしながら、小名木川の河口から二番目の高橋《たかばし》の袂へ出た。北河岸には常盤《ときわ》町があって、このあたりは飲食をさせる店や、女郎屋もある界隈の繁華街だった。

「女の身で、ここには入るまい」

とは思ったが、念を入れる。高橋の橋袂に、藁筵《わらむしろ》を敷いて座っている物貰いの爺さんに問いかけた。襤褸雑巾を纏ったような身なりで、蓬髪《ほうはつ》の白髪《しらが》頭だ。顔を寄せると、悪臭が鼻を衝いてくる。

「おまえは昨日も今日も、ここに座っているな」

「へえ」

そう切りだしたところで、爺さんの膝の前にある端の欠けた丼に数枚の銭を入れてやった。

「堅気の、身なりと器量のいい娘が、三十代後半の船頭ふうと歩いているのを見ていないか」

おそらく昨日の夕刻になろうかという頃合いだと付け足した。

「はて」

銭を貰っているからか、物貰いは考える様子を見せた。

「そういえば」

しばらくしてから、ぽつりと漏らした。

「違っても構わぬゆえ、申してみよ」

「とても綺麗な娘と、日焼け顔の船頭ふうが、高橋を北へ渡って来て、常盤町へ入って行った。まるで似合わねえからさ、頭に残っていた」

これを聞けば、もう尋ねることはない。

常盤町を捜すことにするが、一人では時がかかる。山野辺と房太郎を捜して、事情を伝えた。二人はまだ手掛かりを得ていなかった。

「よし。常盤町を当たろう」

お吟と留助が女郎屋へ入ることはあり得ないので、小料理屋や茶店などに絞って聞き込みをしてゆく。すると五、六軒目の小料理屋で手応えがあった。

「ええ。昨日、店を開けたばかりの夕方でした。器量のいい娘さんと船頭みたいな人が、やって来ました」

店の女中が言った。物貰いと同じように、釣り合わない二人なので覚えていると付け足した。昨日の今日でもある。

「どんな話をしていたのか」

「それは分かりません。あまりお酒は飲まないで、四半刻くらいひそひそ話をしていました。帰りに酒肴《しゅこう》の代を払ったのは、綺麗な娘さんの方でした」

「娘の顔は覚えているな」

「そりゃああの器量ですからね、忘れませんよ」

山野辺と房太郎を呼んだ。聞いた話を伝える。

「ならば面通しをさせよう。今すぐがいい」

後にすれば、留助のときのように何が起こるか分からない。

山野辺が十手に手を触れながら、店のおかみに半刻ほど女中を貸してくれと頼んだ。おかみはいい顔をしなかったが、出かけることを認めた。

女中を連れて、蓬莱屋の店の前に立った。

「大きなお店が並んでいる中で、あそこだけ戸が閉まっていますね。どうしたんでしょう」

いかにも不自然だから、不気味に感じたのかもしれない。しかし説明をすれば長くなる。またその必要もなかった。

「おれが、その女を呼び出してくる。通りで話をするから、よく顔を見ろ」

山野辺は店横の路地を入っていった。そして少しして、お吟を連れて出てきた。呼び出す理由などないが、無理やり表通りに出したのだろう。

「あの娘だ。よく見ろ」

正紀は指差しをした。女中は緊張の面持ちで目を凝らした。

「ああ、あの人です。間違いありません」

女中はそう言った。お吟の美貌が、こちらの調べの手助けになった。

お吟が引っ込むと、山野辺が戻って来た。お役御免の女中には、小銭を渡して帰らせた。

「やはりお吟だったぞ」

と伝えると、山野辺はにこりと笑った。この一件が起こってから、初めてのことだ。

「お吟は、やはり嘘をついていましたね」

房太郎も、満足そうに言った。

第五章　吉原面番所

一

　朝の読経の後、正紀は京と廊下に立って冬の庭の景色に目をやった。黄色い銀杏《いちょう》が葉を落として、常緑の木以外は枝だけになった。寒々しいが、山茶花《さざんか》や柊《ひいらぎ》が花を咲かせている。せんりょうの赤い実も鮮やかだった。

「寒さの中にも、凜として咲いていますね」

　京が言った。二人で庭の花を眺める一時は短いが、それで一日を始める気持ちが養われた。庭のどこかで、中間が掃除をしているらしい。その箒《ほうき》の音が聞こえてくる。

「大御番頭の蜷川讃岐守さまからのお話ですが」

　いきなり京が口にした。正紀は、すぐには何の話か分からなかった。それで曖昧な返事をした。

「お忘れですか。孝姫の許嫁の話です」

「ああ、それか」

思い出した。それどころではない日を過ごしていたから、頭の中から消えていた。

蜷川家が七千石の旗本で、三月前に生まれた男児と孝姫を許嫁にしようというものだった。向こうから申し入れてきたのである。そういえば佐名木が何か言っていた。

どうでもいい話だと思うから、聞き流していた。

「昨日、用人が訪ねてきて、あの話はなかったことにしようと告げたそうです」

不満の響きを込めて京は言った。

「なるほど。当家は今、厳しい立場にいるからな」

油漆奉行に納められる菜種油が、高岡河岸経由で売られてしまった話は、すでに大名旗本の間に広まっている。それに高岡藩の関与があるかもしれないという疑いは、噂をする者には面白いだろう。

正国は何も言わないが、登城をする身としては、針の筵に座る気持ちなのではないか。老中松平信明からは、期限を切られて解決を迫られている。できなければ正国は奏者番をはずれ、高岡藩は減封となる虞があった。

「大名でなくなった、無役の井上家では、縁を結ぶ利益がない。おまけに財政は逼迫《ひっぱく》したままだからな」

そうなっては、尾張一門も形無《かたな》しだ。

「あからさまな話でございます」

「仕方があるまい。離れて行く者は、行かせればよい」

「事が無事に収まったらどうなるのでしょう。また寄ってくるのでしょうか」

「そのときは、こちらから断ればよい」

「さようですね」

そこで京は、話題を変えた。留助が斬られた一件だ。これについては、昨夜のうちに話をしていた。

「留助とお吟の関わりが見えたのは何よりですが、それは留助の命があって初めて役に立ちます」

「うむ。留助にしても、真実を語らぬうちに命を落とすのは無念であろう」

「医者は、腕のよい者なのでしょうか」

京は、そこが気掛かりなようだ。

「八丁堀では、知られた蘭方医だという」

「ならば幸運を祈るばかりですね。必要ならば、藩医もお出しくださいまし」

と言った。

正紀は佐名木らとの打ち合わせを済ませた後、青山と植村を伴って八丁堀の山野辺屋敷へ行った。留助のその後の容態が気になった。

屋敷の門内には、手先の者が控えていた。万一にも襲撃があったら、騒ぎ立てる。それを合図に近隣に住まう町奉行所に関わる者が、急ぎ駆けつけて来ることになっていた。

「これは正紀さま。お疲れさまです」

山野辺の母甲が、声をかけてきた。今日も綾芽は姿を見せている。弓と共に、甲の指図を受けて動いていた。

八丁堀の与力や同心は、刀を抜く場面が少なくないから、怪我人が出るのは珍しくなかった。血を見ることを怖がっていてはお役目は務まらない。各家の妻女は、応急処置には慣れていた。その後の看病についても術を心得ていた。

綾芽や弓は、甲の指図で、与力同心の妻女の役割を覚えていく。

留助については、甲と弓が一夜を交代で看取った。油断はしていない。意識は戻らなかったが、何事もなく朝を迎えることができたのは幸いだった。

「お体を、壊さぬように」

正紀は甲の身を案じた。

「これは山野辺家の大事です。怪我人を死なせるわけにはまいりませぬ」

正紀は留助の病間に入った。青ざめ、時折苦しそうに歪む寝顔を見ると、まだ油断がならないのは一目瞭然だった。甲が気を張る理由が身に染みて分かった。

正紀と山野辺、青山と植村は、庄九郎のこれまでの動きを探り直すことにした。

「庄九郎は手鎖を受けてから、店にこもり神妙にしているようだ」

「戸閉や手鎖が済んだ後は、商いを再開するつもりのようだからな。庄吉とは違う」

山野辺の言葉に、正紀は返した。

「しかし以前は、好き勝手に暮らしていたはずだ。ならば酒色に溺れたこともあったかもしれぬ。その辺りを探ってみよう」

山野辺は微かな手掛かりでも、探し出したいという気持ちなのだろう。

「おう」

正紀も同じ気持ちだ。

四人は、京橋にある繰綿問屋の大店へ行った。蓬莱屋とは、商売敵《しょうばいがたき》と言っていい店だった。ここへは前にも聞き込みに来ていたが、あくまでも商いについてだった。飲酒や道楽については、訊いていなかった。

山野辺が主人を呼び出した。

「さあ。あの方は商いばかりで、そちらの方はあまり耳にしません。しかし前に誰かを囲ったという話は聞いたような気がしましたが、最近はどうなのでしょうか」

そこで商い以外の部分で庄九郎と親しい、同業の主人を教えてもらった。教えられたのは同じく京橋内の大店だった。主人は前の店よりも十歳ほど年上で、庄九郎とは同じくらいの歳だった。

「そういえばひと頃、吉原に入れあげていたことがありますよ」

大っぴらには言っていないが、知る人ぞ知る庄九郎の道楽だったらしい。一時は惣《そう》籬《まがき》の見世の遊女を贔屓《ひいき》にしていたとか。

女の線は、まだ当たっていない。山野辺は身を乗り出した。

「それはどこの見世か。遊女の名は、何というのか」

吉原と一口に言っても、江戸一の歓楽街で、妓楼は数え切れないほどある。

「遊女の名は覚えていますよ。何かの折に、庄九郎さんが漏らしたことがあります。たぶん、花岸《はなぎし》といったかと思います」

ただどこの見世かは分からない。しかしそれだけでも聞けたのは幸いだ。

「当たってみるか」

「もちろんだ」

山野辺の言葉に、正紀は頷いた。無駄足になるなど、どれほどのこともない。

繰綿問屋を出た四人は、吉原へ向かう。正紀には、初めての場所だった。江戸の北の外れにあって、何かのついでに行ける所ではなかった。

京橋川から、舟に乗った。

「行き着く頃には、昼見世が始まるのではないか」

山野辺は言った。吉原は公娼だから、町奉行所の支配を受けている。お役目で足を踏み入れたことはあるそうな。

「それがしは、まだ」

植村は言ったが、青山は初めてではないと告げた。

「遊んだのか」

「安いところで、一度だけ。江戸土産《みやげ》でございまする」

どこか面目《めんぼく》ないという顔をした。誰とは言わなかったが、勤番の者と繰り出したようだ。

勤番侍は、いずれ国許へ帰る。二度と江戸へ来る折もないとなれば、一度くらいは遊んでみたいと思うのかもしれない。

「吉原とはいっても、いろいろな見世があるぞ。大店の主人が身代を潰すほど金のかかる遊びもあるが、日傭取りがつましく遊ぶ場所もある。それでも、私娼の岡場所よりは、銭はかかるだろう」

山野辺は言った。自分が遊んだことがあるかどうかには触れない。祝言が決まったばかりの身の上だ。

四人を乗せた舟は、大川を上って行く。永代橋、新大橋、両国橋《りょうごく》、そして大川橋も潜った。浅草寺の伽藍《がらん》を左手に見ながら、西河岸に沿ってしばらく行く。小高い丘があって鳥居が見えた。

「待乳山聖天《まつちやましょうでん》だな」

それくらいは正紀にも分かる。

待乳山聖天の先に、掘割があった。山谷堀《さんや》である。堀に入るとすぐに今戸橋《いまど》があって、これを潜った。堀は真っ直ぐに延びていて、土手では葦簀張り《よしずば》の水茶屋や屋台店が並んでいる。その間から、提を歩く人や駕籠《かご》の姿が見えた。

「これが日本提《にほんづつみ》ですか。やつらは昼間から、遊びに行くわけですね」

植村が言った。羨む気配が伝わってくる。

いくつかある船着場の一つに、四人を乗せた舟は停まった。他にも、客を乗せた舟がやって来る。これから遊ぼうという男たちの、楽し気な話し声も聞こえた。

真っ先に船を降りたのは正紀だ。日本堤に上がった。提の道を歩いてくるのは、ほとんどが男だ。町人だけでなく、武家もいる。頭巾を被った僧侶らしい姿もあった。

刈り取られた田圃《たんぼ》が広がる中に、黒板塀に囲まれた建物群が見える。それが吉原だった。

日本提は周囲より高いので、坂を下る。

「これが衣紋坂《えもんざか》だ。ここから大門《おおもん》までの道を五十間道《ごじっけんみち》という」

山野辺が言った。見たところ距離は五十間ほどだ。それでついた名らしかった。五十間道は、三曲がりしており、両側には色暖簾《いろのれん》をぶら下げた茶屋や商家が並んでいる。

「このあたりで、もう町の様子が他と違います。この柳が、見返り柳ですね」

胸の昂《たか》ぶりを抑えるように植村は指さした。衣紋坂を下りたところに、葉のない柳の木の枝が風に揺れている。

正紀ら四人は、大門に向かって五十間道を歩いた。

二

正紀と山野辺、青山と植村は、吉原大門の前に立った。

「ここは、お歯黒どぶに囲まれた、吉原唯一の出入り口だぞ」

山野辺が言った。

黒塗り板葺きの屋根付き冠木門だ。それなりの建物だが、その向こうに見える豪壮な建物と比べると簡素な印象だった。

遊びに来たわけではないが、気持ちのどこかに浮き立つものがあった。植村がため息を吐いた。

吉原全体の敷地は長方形で、総坪数は二万七百六十七坪あった。周囲には忍び返しのつけられた黒板塀がめぐらされ、お歯黒どぶと呼ばれる堀が囲んでいた。堀の幅は、およそ二間（約三・六メートル）あった。

江戸の北にある、吉原田圃の中にある壮大な歓楽地と言ってよかった。

「ここにはな、遊女と妓楼に関わりのある者、それらの用をなす商人や職人など、合わせれば一万人ほどが暮らしているぞ」

「さ、さようで」

山野辺の言葉に、植村が驚きの声を上げた。

日に千両が動くといわれている町だ。大名とはいっても、一万石の高岡藩が扱う金額とでは比べ物にならない。楼主たる商人の知恵なのか、多数の女たちの涙の果てなのか、正紀には見当もつかない。

そろそろ昼見世が始まるということで、次々に老若《ろうにゃく》の男が大門を潜って入って行く。医者以外は、駕籠に乗ったままでは大門を潜れない。大名でも大身旗本でも、ここでは駕籠から降りた。

「ここから、たった一人の女を捜すのか」

大門を潜ったところで、周囲を見回しながら正紀は言った。気が遠くなるような思いだった。しかも今いるのかどうかも分からない女である。

どこからどう声掛けをしたものかと考えていると、山野辺は大門脇にある瓦屋根の小さな建物の中に入った。浮わついた気持ちで入れば、あることさえ気づかない建物だと思われた。

町奉行所の支配下にある吉原は、その監督を受ける。そこは面番所と呼ばれる施設で、隠密廻り同心と岡っ引きが交代で詰めている。お尋ね者や異様な風体《ふうてい》の者などが出入りするのを見張っていた。

面番所の反対側には、四郎兵衛《しろべえ》会所と呼ばれる板屋根の建物がある。ここには番人が常駐して女が大門を通るのを監視していた。女ならば遊女であろうとなかろうと、通行切手がなければ外へ出さない。このことは、後になって山野辺から聞いて正紀は知った。

面番所には、中年の高平式之助《たかひらしきのすけ》という同心が詰めていて、山野辺の知り合いだった。山野辺は、花岸という遊女を捜したいと事情を伝えた。贔屓にしていたのは蓬萊屋庄九郎で、登楼した見世や引手《ひきて》茶屋は分からない。

引手茶屋とは、吉原で遊ぶ際の案内役を業とする者だという。大見世で遊ぶには、引手茶屋の案内がなければ敷居を跨ぐことはできない。中見世や小見世でも、引手茶屋を通せば上客として扱われるとか。

「蓬萊屋というのが日本橋の大店の主人ならば、おそらく惣籬の大見世に入ったのでしょうな」

高平は言った。

遊女のいる見世とはいっても、すべてが同じではない。客は格子越しに遊女を品定めするが、見世の格式によって、籬の拵え方が違った。

一番格が高い見世は、惣籬といって全面が朱塗りの格子になっていた。これが最上格の大見世となる。四分の一くらいが空いているのが中見世で、下半分にだけ格子が組まれているのは小見世となる。

これで客は、揚代《あげだい》の見当をつけられた。

「一軒一軒巡るのはたいへんです。ここのことならば大方が分かる、生き字引のような爺さんに引き合わせましょう」

面番所から出た高平は、大門を潜った先に延びる幅広の道を歩き始めた。その辺りは仲《なか》の町《ちょう》と呼ばれて、左右に色暖簾を下げた引手茶屋が並んでいる。案内をされたのは、その中の一軒だった。

「はいはい、どのようなご用件でしょうか」

高平が声掛けをして現れたのは七十歳近い爺さんで、この引手茶屋の隠居だという。身なりは年の割には、垢抜けて見えた。

「外のことは何も分かりませんがね、中のことならば、たいがいは分かりますよ」

老人は言った。

「花岸ですか、それならば二人いました」

わずかに首を傾げただけで、老人は山野辺の問いかけに答えた。

「一人はもう十年以上前に亡くなりました。そしてもう一人は、江戸町《えどちょう》一丁目の惣籬桔梗屋《ききょうや》の昼三《ちゅうさん》でしたね」

昼三というのは、平常起居する個室と、客を迎える座敷を与えられた高級遊女をいった。昼三の中でも最高位の者を、呼び出し昼三といった。呼び出し昼三は多数の供を従えて、花魁《おいらん》道中を行った。

個室だけを与えられ、そこで平常の起居をして、さらにそこへ客を迎える遊女もいる。部屋持ち以上の遊女を花魁と呼ぶと教えられた。

正紀にとっては、初めて聞くことばかりだ。ちなみに下級の遊女は個室を与えられず、二十畳くらいの部屋で雑居した。振袖新造《ふりそでしんぞう》と呼ばれる者で、客を取るときは共用の廻し部屋を使うとか。

「庄九郎が出入りしたのは、桔梗屋であろうな」

と見当がつく。それで腰を浮かしかけると、老人は言った。

「ですが花岸は、一年ほど前に身請けされています。身請けされた先は分かりません」

そうなると、話を聞くことはできないのか……。ここまで来たことが無駄足になる。

「ともあれ、桔梗屋へ行ってみよう」

正紀が言うと、山野辺は頷いた。

吉原の中には、江戸町、揚屋町《あげやまち》、京町《きょうまち》、角町《すみちょう》がある。桔梗屋は江戸町にあって、大見世や中見世が並んでいる界隈だった。周囲の見世に引けを取らない、瀟洒な建物だ。

昼見世が行われているから、格子の奥には遊女が並んでいる。建物の外から男たちが品定めをしていた。

男が何かを言って、女が嬌声《きょうせい》を上げた。

ただこの界隈に来ている客の多くは、身なりがよかった。懐に自信がなければ遊べない。

正紀の一行は高平が一緒だったので、楼主とおかみに会うことができた。建物の中に入ると、近くに女がいなくても、脂粉のにおいが鼻を衝いてきた。

小部屋に通され、早速花岸について尋ねた。楼主はいかつい顔で肩幅のある中年の強面だったが、無礼な態度は取らなかった。

「花岸は、取手《とりで》の麻生太治郎《あそうたじろう》という豪農の老人が引きました」

「そうか」

取手では、おいそれと話を聞きに行くことはできない。正紀はがっかりしたが、念のために尋ねた。

「庄九郎は、一人で来ていたのか」

「はい。たいていは一人でした。ただ二度か三度、甥だとかいう若い人を連れて来たことがあります」

「ほう。甥か」

正紀と山野辺は顔を見合わせた。

「名は吉也だな」

「さあ」

花岸がいなくなって、庄九郎は登楼しなくなった。

「でも甥御《おいご》の方は、今でも通ってお出でになります」

おかみが言った。金のかかる昼三の花魁は買えないが、此花《このはな》という振袖新造を買っていたとか。お得意というほどではないので、楼主は気にも留めていなかったらしい。おかみだけが覚えていた。

此花を呼んでもらった。十八、九歳の女で、振袖新造とはいえなかなかの美形だった。

「吉也さまならば、折々訪ねてくださりんす」

此花は、吉也の名を言っただけで、すぐに分かった。最後に来たのは、先月の中頃だったとか。郷倉屋が、戸閉になる前だ。また来ると言ったらしい。

しかしいつかは、明言しなかった。

「吉也を捜しているのだが、行方が知れぬ。汐留川河岸の郷倉屋の他に、話に出た場所はないか」

繰綿の事件や戸閉の一件には触れない。此花も、それについては知らないらしかった。

「はて」

と首を傾げてから、口を開いた。

「そういえば、向島《むこうじま》に乳母がいるときいたことがありんす。寺島《てらじま》村だったかと」

あてにはならないが、念のため正紀は青山と植村を、寺島村へ向かわせることにした。

庄九郎は、行徳河岸の笹舟《ささぶね》という船宿から吉原へ通った。正紀と山野辺は笹舟へ行ってみることにした。

見世の外に出ると、青山と植村は寺島村へ急いだ。正紀と山野辺も続こうとすると、高平が言った。

「どうです。一通り、案内をしましょうか」

物珍しそうにしていたから、気を使ってくれたのかもしれない。四半刻ほどで回れるというので、歩いてみることにした。

「では」

高平の後をついてゆく。郭内は仲の町の通りを中心に、左右に町が広がっている。大見世、中見世、小見世を見て回った。大門から見て左右の端に位置するお歯黒どぶ沿いを、それぞれ羅生門《らしょうもん》河岸、西《にし》河岸といった。この二つには河岸見世と呼ばれる安価な見世が軒を並べている。

「ねえ、あんた。遊んでいきなさいよ」

化粧の濃い年増の女が、客の腕をつかんで離さない。

「ここは吉原とはいっても、江戸町とは異なるな」

山野辺がため息を吐いた。

郭内には、稲荷の祠《ほこら》もあった。南東の端にあるのは九郎助《くろすけ》と呼ばれている稲荷だ。女たちが、祈りをささげる場だそうな。稲荷揚げが供えられていた。鈴を鳴らす紐は、赤い腰紐を編んで拵えられている。

「おや」

その稲荷の祠の陰で、禿《かむろ》とおぼしい十歳くらいの子どもが蹲《うずくま》って泣いていた。

正紀は気になって立ち止まった。すると高平が言った。

「気にすることはありません。どうせ姉女郎にいじめられでもしたんでしょう。こんなことは、毎日必ずどこかでありますよ。いちいちかまっていたら、それだけで日が暮れます」

「なるほど」

華やかに見えても、ここには客には見えない女の世界があるのだろうと考えた。ただそれでも、そのままにはできない気がした。

「どうした」

正紀は娘の傍に寄って、腰を屈めて問いかけた。

「お足を落としんした」

泣きじゃくっているから、初めは何を言っているのか分からなかった。何度か訊き返して、ようやく聞き取った。

「どういう銭だ」

「姉さんに、三味線の糸を買うようにと言われんした」

それを落としたらしい。捜したが見つからなかった。それで泣いていたのだ。額を聞くと、五匁銀一枚を預かったそうな。なくしたと言って帰れば、折檻《せっかん》を受ける。しかし他に帰るべき場所はない。

吉原からは出られない身の上だった。

不憫だと正紀は思った。娘はここへ来たくて来たわけではあるまい。そして五匁銀など、持っているはずもなかった。

与えようと、懐に手を入れた。すると高平が言った。

「およしなさいませ。娘は媚びていますよ。吉原の娘は、十歳にもなれば、旦那方への機嫌の取り方を覚えます」

関わるな、と言っていた。

「そうかもしれない」

とは思った。もとを正せば、五匁銀を落とした娘の不注意だ。しかし五匁銀がなければ困るのは明らかだった。

正紀は、五匁銀を与えた。

「次からは気をつけろ。運よく助けられることは、二度とないぞ」

苦界《くがい》に身を置けば、いろいろなことがあるだろう。考えることもなかった世界だが、この程度のことはしてもいいと正紀は思った。

「ありがたいことでありんす」

娘は五匁銀を握りしめて礼を言った。そして振り向くこともなく、駆け出して行った。

三

吉原を出た正紀と山野辺は、行徳河岸の船宿へ行った。吉原に繰り出す日本橋界隈の金持ちは、ここから舟を使う者が少なくない。

船宿笹舟はすぐに分かって、敷居を跨いだ。山野辺がおかみを呼び出した。

「はい。蓬莱屋さんには、吉原へお出でのときは、いつも使っていただきました」

おかみは躊躇う様子もなく言った。庄吉や吉也も乗せていた。ただそれは、戸閉になる前のことだった。

「他に一緒だった者は誰か」

船頭も呼んで訊いた。

「商いの方たちです」

まともな商人ならば、庄吉や吉也を預かる者はいないだろう。それでもおかみや船頭が覚えている舟に同乗した主人を当たることにした。

「さあ、郷倉屋さんがどこへ行ったのかなどは、分かるはずもありません」

手鎖の者を匿ったとなれば、ただでは済まない。触らぬ神に祟りなし、といった態度だった。正紀はそれで山野辺と別れ、屋敷に戻った。

向島へ行った青山と植村の帰りを待つ。夕方になって、二人は肩を落として戻って来た。

乳母の家はあったが、吉也らは現れていなかった。戸閉や手鎖になったことも、知らない様子だった。文も来ていないとか。

正紀は、万策が尽きた気がした。そのことを、京に話した。

「まだまだ、詰めが甘もうございます」

聞き終えた京は、あっさり言った。

正紀はむっとしたが堪えて、どの辺の詰めが甘いのかを聞いた。

「吉也と此花の間柄は、どのようなものだったのでしょうか」

「さあ」

しょせん客と遊女ではないか、という気持ちが正紀にはある。

「吉也の思いが濃ければ、また訪ねるのでは」

「そうかな」

正紀が知っている女は、京だけだ。市井《しせい》の男女関係とは違ったところで繋がってきた。しかし「思いが濃ければ」と言われると、分からなくはない気がした。

ならばもう一度、此花に当たってみる必要がありそうだ。

翌日正紀は、植村を伴って吉原の桔梗屋へ行った。泊まりの客を帰して、まだ間もない刻限だ。色暖簾は、掛けられていない。襦袢《じゅばん》姿の女が、通りで立ち話をしていた。

見世に入った正紀は、おかみを呼び出した。

「またですか」

おかみはよい顔をしなかったが、此花に会わせてくれた。商売用の化粧はしていないので、現れた顔は昨日よりも幼く見えた。

「吉也さまは、大事なお客でありんす」

此花は言った。客として大事にしているという意味と受け取った。恋情はないだろう。

「吉也はよくしてくれたのか」

「はい。笄《こうがい》をもらいんした」

部屋へ戻った此花は、その品を持って戻って来た。

「これは、鼈甲《べっこう》ではないか」

魂消た。いくらそれなりの店の若旦那でも、相当に無理をして求めたのだろうと分かった。京でも、鼈甲製は櫛一本を持っているだけだ。

これだけの贈り物をしたのならば、思い入れは強いはずだ。吉也はまた此花に会いに来るのは間違いない。ただいつになるかは分からない。

「現れたならば、知らせてもらうことはできぬか」

正紀が言うと、此花はわずかに表情が硬くなった。

「何のためでありんすか」

と問いかけてきた。

「ここはお客さんに楽しんでもらうための場でありんす。悶着《もんちゃく》に関わることは、許してくんなまし」

丁寧だが、きっぱりとした返事だった。遊女としての、矜持だと感じた。無理強い《むりじ》をして「はい」と言わせても、本当に伝えてくるかどうかは分からない。後になって、「ついうっかり」と返されれば、機会を逃すばかりだ。

「どうしたものか」

いつ現れるか分からない吉也を、昼夜交代で見張るのかと思うと、気が遠くなるような話だ。

唯一の出入り口である大門脇の面番所に詰めれば見逃すことはないが、吉也の顔を知っているのは、井尻と植村だけだ。井尻がいないと、勘定方が回らない。

「それがしが、一人で見張ります」

植村が決意を込めて言った。けれども眠くなれば、見落としもあるだろう。ただ他に手立てがないなら、やらせるしかなさそうだ。

すっきりしない気持ちで、桔梗屋を出た。そこで声をかけられた。

「お侍さま」

幼い娘の声だ。振り向くと笑顔を浮かべた禿が立っていた。

「おまえは昨日の」

五匁銀を与えた禿だった。

「昨日は、お世話になりんした。お陰で、叱られずにすみんした」

深々と頭を下げた。そして昨日は満足に礼も言わなかったと詫びた。

「おまえは、桔梗屋の者か」

「そうでありんす」

杏《あんず》という名だそうな。

「此花のところに、吉也という若旦那が通って来ているのを知っているか」

「知っていんす」

少し考えてから答えた。日々新たな客がやって来るが、名と顔を覚えるのは、郭《くるわ》暮らしの者には大事なことかもしれない。

「その客が来たら、おれに知らせてくれぬか」

子どもであっても、禿は女だから勝手にお歯黒どぶの外へは出られない。そこで面番所の同心高平か岡っ引きに、「あの人が来た」と告げてくれればいいと話した。聞いた高平か岡っ引きが、高岡藩上屋敷に使いを走らせてくれれば、駆けつけられる。

「いつなるときも、見てありんすわけにはいきんせん。わっちにも、役目がありんす」

困惑顔で口にした。言っていることはもっともだ。花魁のもとで、次々に雑用を言いつけられる。

「気がつかなかったならば、それは仕方がない。おまえが困るようなことは、何があってもしない」

と告げられると、ほっとした顔になって頷いた。正紀は五匁銀二枚を握らせた。

それから面番所へ行った。詰めていた高平と岡っ引きに、杏からの知らせについて依頼をした。

「吉原というのは、不思議な町ですね。吸う空気も他とは違います」

帰り道、植村が言った。その気持ちは、正紀も分からないわけではなかった。植村の見張りは、今日はなしにした。

「いつか、遊びに来てみたいか」

植村は、両親もいない独り者だ。遊びに来たところで、苦情を言う者はいない。

「いやあ、それは」

言葉を濁した。

植村の家禄は三十五俵だから、吉原で気楽に遊べる身の上ではない。庶民や下級藩士、勤番侍にとっては、惣籬や半籬の見世は、高嶺の花だ。ただ足を踏み入れるだけでも、心躍る不思議な町だと言いたかったのかもしれない。

植村は、話題を変えた。

「留助が、意識を取り戻したようですね」

今朝、山野辺屋敷から知らせがあった。ひとまず胸を撫で下ろしたが、まだ口を利ける状態ではなかった。しかし一命をとりとめたことは確かだ。何よりの報だった。

「うむ。甲様や弓殿、綾芽殿のご尽力のお陰だ」

綾芽は、毎日屋敷に顔を見せている模様だ。山野辺にとっては、心強いだろう。

「早く話せるようになって、いろいろ聞きたいですね」

それは井上家と山野辺家に関わるすべての者の思いだ。

四

房太郎のところにも、留助の意識が戻ったという知らせは入っていた。ひとまずほっとした。何か見落としがないか、もう一度、留助が斬られた鉄砲洲稲荷へ行ってみることにした。

境内の様子は、前と変わらない。十数人の老若の参拝客がいて、屋台店が出ていた。房太郎は、あの日も商いをしていた飴売りの老人に話しかけた。

「拝殿の裏で人が斬られたの日のことで、何か思い出したことはありませんか」

聞けなくてもともとだから、軽い気持ちだ。問いかけを繰り返すうちに、何かにぶつかることもある。物の値動きだって、聞いた直後には参考にならないと感じても、後になって判断の材料になることがあった。

飴売りの次は附木《つけぎ》売りの婆さん、稲荷の神官などにも声掛けをした。それから佃島や人足寄場の間を行き来する舟が停まる船着場へも行った。

ここでは人足寄場の人足を運ぶ舟が、人待ちをしていた。船頭は三十半ばの歳で、頭に手拭いでねじり鉢巻きをしていた。膨らんだ鼻の穴から、鼻毛がのぞいている。

その船頭にも、房太郎は声掛けをした。

「一昨日《おととい》、境内で船頭が斬られるという騒ぎがあったのを知っていますか」

「そういえば、あったようだな」

という程度の記憶だった。

「その日も、ここへは来ましたよね」

「ああ、一昨日は新しい入所者があったんで、四つ（午前十時）くらいからここにいたね」

「そうですか」

少し気持ちが動いた。留助が斬られた刻限と重なるからだ。

「人足寄場からこちらへ来る間、あるいはここから戻る間で、境内裏手の船着場から侍の漕ぐ小舟が出てくるのを見ませんでしたか」

「お侍ねえ」

首を捻った。

房太郎はそこで、思い出したことがあって言った。

「そのお侍は深編笠を被っていたのですが、慌てていて笠の部分をひっかけて落としました。そのまま舟に乗り込んだので、結ぶ紐は頭と顔に付けたままでした」

「そりゃあ」

と言ってから、船頭は手を打った。

「そういやあ、見た。そういうお侍が小舟を漕いでいた。ずいぶん慌てた様子だった」

紐だけが顔についていて、おかしな格好だと思って眺めたから忘れない。人足寄場からやって来たときのことだと付け足した。

「顔を覚えていますか」

息を詰めて訊いた。

「もちろん。あれは二十代半ばくらいの歳だな。背が高かった。もう一度見れば、すぐに分かるぞ」

と船頭は力強く答えた。

「それはありがたい」

小躍《こおど》りしたいくらいの気持ちで、房太郎は返答をした。このことは、誰にも話をしていないとか。船頭の名は、九作《きゅうさく》といった。

これと斬られた留助の証言を合わせれば、確実な証拠になる。房太郎は、新たな証人のことを山野辺屋敷へ伝えてから、高岡藩上屋敷へも走った。

「そうか、よくやった」

房太郎の報告を受けた正紀は褒めてやった。走ってきたからか、びっしょり汗をかいていた。息も絶え絶えの報告だった。

「そやつ、大田原平助に違いない」

「はい。その日、あいつは屋敷を出ていました」

植村がつけて、まかれていた。年の頃や長身というのも、ぴったりだ。

「大田原がやったと明らかになれば、留助襲撃に石川家が関わったことが証明できるぞ」

房太郎は、満足そうな顔で頷いた。

「これで後は、庄吉と吉也を捕らえるばかりですね」

正紀は吉原へ行って、禿の杏に依頼をした件を伝えた。

「それは何よりです。今夜にでも来てくれたらば、手っ取り早いですが」

房太郎は言った。

しかし万事都合よくはいかない。その日は夜になっても、吉原からの知らせはなかった。

翌日、房太郎と青山は蓬莱屋と石川屋敷の見張りに行った。動きがあれば、知らせてくる。植村は、吉原の面番所に詰めた。正紀は、下谷広小路《ひろこうじ》の高岡藩上屋敷で報告を待つ。

何かあれば、すぐに飛び出せる。

「植村は、吉也を見分けられるでしょうか」

佐名木が言った。

「なぜ、そう思うのか」

植村は、目を皿のようにして通る者に目をやるはずだった。

「あの者は、それこそ命懸けでやるでしょう。しかし吉原は、大門以外に出入り口はありませぬ。次から次へと、人が通りまする」

「見逃すかもしれぬというわけだな」

「吉也が入るときには、大勢が入るときを狙うのではありませぬか」

と言われて、正紀はそうかもしれないと思った。女の通行には気を使うが、男が入る分には、誰も気を留めない。

昼見世を使うならば、明るいうちにも知らせが来る。じりじりしながら待ったが、何もないまま暮れ六つ（午後六時）の鐘がなった。

「そろそろ、現れてもよさそうな頃でございますがな」

佐名木は言った。

「吉也にしても、不安や虞はあるはずです。お上に、楯突くまねをしているわけですからな。そういうときに縋りたいのは、心を許した女でございましょう」

「そうかな」

考えたこともない話だ。

自分だったらどう感じるかと正紀は考えた。とことん追い詰められたら、京の顔を見たい、肌に触れたいと願うかもしれない……。そう考えて、はっとした。

正紀は、佐名木の顔を見た。顰め面をしていて、頭には藩のことしかない堅物に見える。しかし不思議に人の気持ちを汲み取る男だった。

若い頃は、どのような暮らしをしてきたのか。ふと、知りたくなった。

そのとき、慌ただしく部屋に近づいて来る足音が響いた。門脇に詰めていた家臣だ。吉原から、岡っ引きの手先が駆けつけたと知らせてきた。

「あの人が来た」

手先はそう伝えたそうな。

「よし、行くぞ」

正紀は、山野辺に使いを出すよう命じてから、戻ってきていた青山を伴って吉原へ向かった。舟で、山谷堀に入った。掻き鳴らされる清掻《すずがき》の音が、近づいて来る。

それぞれの妓楼で、暮れ六つになると一斉に始める。客たちの気持ちを引き付けるものだ。

五十間道から、雪洞《ぼんぼり》や灯籠に火が焚かれ、茶屋の軒先には提灯がぶら下げられている。正紀と青山は人を避けて進んでいった。大門を潜った先の面番所で、植村と岡っ引きが正紀の到着を待っていた。

「杏が、知らせてきました」

植村は、面目なさそうに言った。

「気にするな。見過ごすことは、誰にでもあるぞ」

それよりも、どう捕らえるかが問題だ。なるべくならば、廓内での大騒ぎはしたくない。正紀と青山、植村は桔梗屋へ向かう。

夜の吉原は、ひと際賑やかだ。各見世は、これでもかと明かりを灯している。まるで昼間のようだ。照らされた遊女も男たちの顔も、どこか火照《ほて》っているように見えた。

明かりの向こうから、女の嬌声が清搔に交じって聞こえる。酔った男の声が、それに加わった。

「おおい、花魁道中が始まるぞ」

そんな声が聞こえた。冷やかしをしていた男たちが、声のした方へ走って行く。

「おお、来た来た」

江戸町の通りだ。正紀らも、立ち止まってその行列に目をやった。

定紋入りの箱提灯を持った若い者二人が先導してゆく。二人の禿を供にした花魁が、高さが五、六寸（約十五〜十八センチ）はある黒漆塗りの畳付きの下駄を履き、外八《そとはち》文字《もんじ》と呼ばれる独特の歩き方で緩やかに進んでくる。

眩しいくらいに明るい中、濡れ羽色の髪には何本もの高価な櫛や簪《かんざし》を挿し、艶やかな衣装を身にまとっている。

「まるで錦絵のようですね」

ぽかんと見ていた植村が言った。

花魁の後には振袖新造が二人、番頭新造、遣手《やりて》、最後尾には見世の若い衆が長柄傘《ながえがさ》を高々と掲げていた。ここにいるぞと、誇示しているようだ。

花魁道中は、誰もができるものではない。大見世の最高位の昼三だけだ。道中をして、仲の町の引手茶屋にいる客のもとに向かう。

「目の保養になったぜ」

そう言って、後について行く若い衆もいる。

その雑踏を抜けて、正紀ら三人は桔梗屋の前に立った。籬で顔見世をしている遊女に銭をやって、杏を呼んでもらった。

杏も用事を抱えているからか、しばし待たされた。出てきたところで、正紀に近づいて告げた。

「まだいんす。今夜は泊まるようです」

手短に言って、杏はまた見世に入った。しかしそれだけで、充分役に立っていた。吉也を見世から連れ出すつもりはなかった。後をつけて住処《すみか》を突き止めなくてはならない。

「今夜は、泊まるしかあるまい」

正紀は言った。とはいっても、惣籬の大見世に登楼する金などなかった。大門脇の面番所で一夜を明かさせてもらうことにした。

「吉原まで来て、面番所泊まりか」

植村がぼやいた。

「これはお役目だ。言葉を慎め」

青山が叱りつけた。ただ正紀には気を使った。

「若殿だけでもどうぞ」

気持ちは動いたが、金だけでなく京の顔も頭に浮かんで首を横に振った。しばらくして、山野辺が面番所へやって来た。

「腹が減ったであろう」

握り飯と卵焼きを持ってきた。

「これは、ありがたい」

「綾芽殿が握ったのだ」

まんざらではない顔だ。

「そうか」

京が握り飯を作るなどは、あり得ない。不満ではないが、山野辺が少し羨ましかった。

窮屈な面番所で、夜を明かした。東の空が、微かに赤みを帯び始めた。朝帰りの客が、大門を潜り始める。うつらうつらしていた正紀は、足音で目を覚ました。

生あくびをして通り過ぎて行く若旦那ふうを見て、植村は舌打ちをした。そしてあたりが薄ら明るくなり始めた頃、若い商人ふうがやって来た。

「あ、あいつです。吉也です」

植村が興奮を抑えた声で言い、指差した。

五

五十間道の茶屋や商家は、まだ店を開けていない。刈り取られ、地肌がむき出しになった吉原田圃に霜が降りていた。

吉也はやや背を丸め、足早に歩いてゆく。暖かいところから出てきたからか、寒そうだ。正紀と山野辺、青山と植村が後をつけて行く。

見返り柳にちらと目をやって、吉也は衣紋坂を上った。日本提に立ってから、すぐに山谷堀の船着場に降りた。舫ってあった小舟に乗り込んで、艫綱を解いた。自ら艪を握って、小舟を今戸橋方面に滑らせた。

少し間を空けてから、正紀を含めた四人も、かねて停めておいた舟に乗り込んだ。吉也が舟を使う可能性は大きいと考えていた。

艪を握ったのは植村だ。吉也の舟を追って、船着場を出た。周辺では、舟を使って朝帰りする者は少なくないので、さして目立たない。

今戸橋を潜った吉也の舟は、川上に向かった。

「ほう、ご府内から離れるのか」

「捜しても、見つからないわけですね」

山野辺の言葉に、青山が応じた。

舟は西河岸に沿って、ぐいぐい進んでゆく。川は蛇行を繰り返すが、吉也の艪捌きはしっかりしていた。いきなり目の前に二、三百石の荷船が現れても慌てる様子はなかった。

朝の日差しが、小舟と吉也の姿を照らしている。

彼方に、千住《せんじゅ》大橋が見えてきた。橋を渡る旅人の姿が見えた。

「停まらぬようだな」

舟は橋を通り過ぎた。吉也の舟は、しばらく進んでから寺の脇にある船着場に停まった。吉也は艫綱を結ぶと下船した。

「ここらは、東尾久《ひがしおぐ》だな」

山野辺が言った。東尾久から、舟を使って吉原への往復をするのは遠回りだが、人目につきやすい陸路は避けたものと思われた。

彼方に、小高い丘がある。まず目に入ったのは、大きな寺の建物だ。道灌山《どうかん》である。このあたりへは、正紀は秋に虫聞きに来たことがあった。

周囲は田圃に囲まれているが、高台から望む遠景は隅田川《すみだ》が帯のように流れていて、晴れた日の輝きは息を呑むほど美しい。虫聞きの名所としても知られていて、瀟洒な建物がぽつんぽつんと見受けられた。大店や富裕な大名旗本が寮を構えている。

今の井上家では、手が出ない代物だ。

吉也は田圃道を歩いて、道灌山の方へ向かってゆく。四人がぞろぞろ後をつけては目立つので、分かれて別の道を歩いた。

道灌山に入ると、道が樹木に囲まれる。見つかる心配は少ないので、四人は一緒になってつけた。吉也は、頂に近いあたりにある、隠居所か寮といった外見の建物の前で立ち止まった。冠木門で、敷地は垣根に囲まれている。

吉也は扉を押して、中に入っていった。

「ようやく、辿り着きましたね」

植村は緊張の顔で言った。

「庄吉は、いるのか」

山野辺が、垣根の枝を掻き分けて中を覗きながら言った。目的の一番は庄吉の捕縛だ。庄吉を捕らえなければ始まらない。しかし垣根から覗くだけでは、いるかどうかさえ分からない。

青山と植村に建物を見張らせて、正紀と山野辺は、近くの農家へ行った。

「あの寮には、どのような者が暮らしているのか」

山野辺は腰の十手に手を添えて、出てきた赤子を背負った老婆に尋ねた。ここはご府内ではないが、尋ねていることは奉行所の御用であると伝えていた。

「しばらく空き家でしたが、半月くらい前に、商家の主人といった様子の四十代半ばくらいの旦那さんと若旦那、それに用心棒らしい浪人者二人が住み着きました」

「女房はおらぬのか」

「見かけません。飯炊きらしい女の人が、朝夕に通ってきます」

女房は、実家にでも帰らせたのかもしれない。日にちからすれば、汐留川河岸の店を出てから、すぐにここへ潜んだと察せられる。

「踏み込むか」

と正紀はいきり立つが、山野辺は落ち着いていた。

「いや、庄吉がいることを確かめてからだ」

踏み込んでいなければ、ここまで来たことも水の泡になる。庄吉がいるかどうか、老婆の話だけでは分からない。

青山と植村がいる場所へ戻った。老婆から聞いたことを伝えた。

「垣根から覗いて、浪人者二人がいるのは確かめました」

植村が言ったが、庄吉らしき男は見ていない。

「忍びこんで、確かめるか」

「うむ。そうしよう」

山野辺の提案に正紀は応じた。じっとしてはいられない。ただ四人では目立つので、正紀と山野辺が中に入ることにした。庄吉の在宅を確かめたなら、指笛を吹く。青山と植村は、そこで押し込む段取りだ。

裏手に回ると、木戸門があった。閂《かんぬき》がかかっていたが、板の隙間から脇差の切っ先を差し込んで、容易《たやす》く外すことができた。

音を立てぬように扉を開け、敷地内に足を踏み入れる。掃除は行き届いていないから、一面に落ち葉が積もっていた。足を踏み出すたびに、落ち葉の音を気にした。人の気配は感じない。建物を回り込んで、南側の縁側近くに出た。雨戸は開けられているが、障子戸は閉められていた。中から、微かな話し声が聞こえてきた。

さらに近づく。だがこのとき、思いがけないところから鋭い声がかけられた。

「その方ら、何をしておる」

縁側の先、玄関の方から現れた浪人者だった。

こうなると、もう躊躇ってはいられない。正紀は土足のまま縁側に駆け上がり、障子戸を開けた。男が二人いて、その内の一人が庄吉だった。

「くそっ。なぜここが分かった」

声を上げたのは、庄吉だった。話をしていた相手は、吉也だ。父子は刀掛けにあった長脇差を手に取った。

庄吉は手鎖をつけていない。勝手に外したようだ。

浪人者二人が駆け寄ってきた。二人ともすでに刀は抜いていた。正紀は指笛を鳴らしてから、刀を抜いた。

山野辺も刀を抜いた。峰に返して、近くにいる吉也に躍りかかった。正紀の相手は庄吉だ。

「やっ」

二の腕を狙う一撃を、庄吉は長脇差で避けた。しかしそれで体勢は崩れた。正紀はもう一度、前に出ながら刀身を繰り出そうとした。

しかしそこに、浪人者の一撃が正紀の脳天を目指して襲ってきた。体の向きを変えて、正紀はこれを払い上げた。

山野辺には、もう一人の浪人者が刀を突き出している。

「おのれっ」

浪人者にてこずり、庄吉や吉也には手が回らない。父子が部屋から逃げてゆくのをどうすることもできなかった。青山と植村が捕まえるのを祈るしかない。

「とうっ」

正紀は、相手の肩先を目指して切っ先を突き出した。しかし父子のことが気になって、焦りが出ていた。突きが甘くなったのが、自分でも分かった。

こちらの切っ先は、相手に撥ね返された。その刀は、宙を小さく回転して正紀の二の腕に襲い掛かってきた。

無駄のない動きだった。

体の向きを変え、伸びた腕を引いて一撃を払った。寸刻遅れたら、二の腕はざっくりやられているところだった。

相手の動きは、それでは止まらない。角度を変えて、喉首を狙ってきた。至近からの攻めだ。

正紀は利き足に力を入れて横に跳ぶ。同時に刀を前に出して、迫りくる切っ先を躱した。

浪人者の切っ先が、しつこく追ってきた。ここは一気に、勝負に出たに違いない。しかし幾分かの無理があった。踏み込みが足らず、刀身にぶれがあった。

「やあっ」

正紀はその隙を逃さない。相手の肘を突いた。

「うわっ」

鮮血が散って、浪人者の刀が宙を舞った。倒れる気配があったが、正紀はそれには目をやらない。庄吉と吉也が逃げた廊下に駆け込んだ。

玄関に近い部屋に、青山と吉也がいた。青山は吉也の長脇差を打ち落とし、後ろ手に縛りあげているところだった。

「庄吉を、植村が追っています。玄関に出ました」

「よし」

正紀も玄関に向かう。巨漢の植村は膂力こそあるが、剣術の方はいま一つだ。

「おおっ」

抜き身の長脇差を握った庄吉が、冠木門の扉を蹴って開き、道に飛び出したところだった。植村が追ってゆくが、機敏さではかなわない。

正紀は駆け出した。足には自信があった。みるみる間が縮まった。

庄吉は慌てている。下り坂で、勢いがつき過ぎた。道灌山を半分も下らないうちに、前につんのめった。正紀はその襟首を摑んだ。

「神妙にしろ」

長脇差を取り上げ、腕を後ろに回して、刀の下げ緒で縛った。いったん寮まで連れ戻した。

浪人者二人と吉也は、すでに身動きできない状態になっていた。

寮の居間で尋問をした。油漆奉行に納めるはずの菜種油を横流しした件は、隠しようがない。手鎖を勝手に外したのは、明らかな犯罪だ。庄吉と共に逃げた吉也も、ご公儀に歯向かったことになる。

浪人者二人は、襲撃があったら賊を斬れと庄吉から命じられていたと告げた。四人を、茅場町《かやば》の大番屋《おおばんや》へ運んだ。

「しかしこれだけでは、庄九郎や石川までは、捕縛の手が及ばないぞ」

庄吉はあくまでも自分一人で行った悪巧みだと言い張っている。高岡藩や山野辺を道づれにする覚悟だろう。

「留助の具合はどうか。そろそろ、口が利けるようになったのではないか」

正紀が言うと、山野辺が手先を八丁堀の屋敷へ走らせた。

「口を利けるようになっています」

四半刻ほどで、手先は駆け戻って来た。

留助は甲や弓、綾芽の看病の甲斐があって、順調な回復をしていたのだった。正紀と山野辺は、八丁堀に駆けた。この一件には、房太郎の尽力も大きい。この段階で房太郎のもとへ、事の次第を知らせに植村を走らせた。

正紀と山野辺は屋敷に飛び込んで、留助の病間に入った。

留助はまだ起き上がることはできなかったが、口は利けるようになっていた。山野辺が庄吉と吉也を捕らえたことを伝えると、「それは何よりで」と言った。

そこで山野辺は、江戸から高岡河岸に菜種油百樽を運ぶ折、吉也から念押しをされた件二つを、改めて確認した。一つは高岡河岸から二樽の受取証と九十八樽の預かり証を受け取ってくること。もう一つは、万一受け取りを断られても、それで引き下がってはいけないと命じられていたことである。

「へい。間違いありません」

留助が答えた。次に山野辺は、斬られるに至った顚末について聞いた。

「江戸に戻った日に、船着場でおれと房太郎に呼び止められて話をした。覚えているな」

「そりゃあもう」

「その後で、お吟から声掛けをされなかったか」

「二度ありやした」

最初は、山野辺と房太郎に何を問われたのか聞いてきた。一度はそれで別れたが、夕方になって、長屋に蓬莱屋の小僧が訪ねて来た。

「お吟さんが、万年橋の袂で待っているってんで、行きやした」

「それで常盤町の小料理屋へ行ったわけだな」

「そうです」

山野辺の問いかけに、留助は頷いた。

「小料理屋では、何を話したのか」

と正紀が口を挟む。

「あの人は、おれの仕事ぶりを褒めてくれた。そして自分の船を持つための金主を、紹介してくれると言ったんだ。誰にも言うなっていう話でした」

「なるほど」

雇われ船頭は、いつかは自分の荷船を持ちたいと考えている。その気持ちを、くすぐったのだ。それはお吟の知恵ではない。庄九郎に命じられて動いたのだろう。

「次の日に、鉄砲洲稲荷へ行けば、案内の侍が現れて、金主の許へ連れて行ってくれるという話でした」

翌日栃尾丸は、関宿へ向けて出航する。だから福川屋には、縁者の葬儀ということで、代役を頼んだ。

「鉄砲洲稲荷へ来た侍は」

「石川家の、大田原平助様でした」

福川屋は石川家の年貢米の一部を運んでいて、留助は大田原の顔を知っていた。

六

「ここまで来たら、大田原を呼び出そう」

「しかし石川は応じるか」

正紀の言葉に、山野辺が返した。正面からぶつかっては、大田原を呼び出すことはできない。あれこれ理屈をつけて、出さないようにするだろう。

すると、後からやって来た房太郎が口を挟んだ。

「こんどはこちらが、一泡吹かせてやりませんか」

「何をするのか」

正紀は房太郎を見詰める。

「私が、石川屋敷へ駆け込みます。お吟の使いで来たと申し出て、大田原に会いたがっていると伝えます」

「それならば、町奉行を通すよりも手っ取り早そうだ」

山野辺が乗り気になった。正紀も、いけそうな気がした。

「ではすぐにも、参る」

ということで、正紀と山野辺、房太郎が石川屋敷のある麴町へ向かった。房太郎だけが門前に立ち、門番所に声掛けをした。門番に、大田原へお吟の使いでやって来たと伝えてもらったのである。正紀と山野辺は、やや離れた辻番所の中に身を潜める。

少しして、大田原が潜り戸から姿を現した。

「今すぐ、築地《つきじ》の料理屋までお越しくださいませ。大事なお話があるそうでございます」

と房太郎は言ったはずだった。腕ずくのやり取りではとんと役に立たないが、こういう場面ではしたたかな者になる。

大田原はついてきた。間を空けて、正紀と山野辺がつけて行く。

しばらく歩いたところで、二人に駆け寄った。正紀が行く手を遮り、山野辺が後ろに立って退路を塞いだ。

「その方、鉄砲洲稲荷の境内で、船頭留助を斬ったな」

正紀が決めつける口調で言った。言い逃れはさせないぞ、という勢いだ。

「そのようなことは知らぬ。留助なる者の世迷言だ」

「いや、その方が舟で逃げる姿を人足寄場の船頭が見ていた。面通しをいたす。同道をいたせ」

「謀ったな」

大田原は房太郎に一瞥《いちべつ》を向けてから、刀を抜いた。腕ずくで逃げ切るつもりらしかった。正紀が刀を抜いた。逃がすわけにはいかない。

「くたばれっ」

刀身を振り上げた大田原が、斬り込んできた。額を狙う一撃だ。振りが大きい。

正紀は、切っ先で喉を突く攻めに出た。動きが少ない分、こちらの方が先に相手を貫く。殺したくはないが、相手は必ず避けると踏んでいた。

自ら死を選ぶとは思えないからだ。

案の定、相手はぎりぎりのところで攻めを変えた。体を斜めにして、こちらの突きを避ける形をとった。刀身は肩先を襲ってきた。

正紀は、その動きを待っていた。切っ先を払って、二の腕を突いた。

大田原も、なかなかの腕を持っている。こちらの突きを払って、身を斜め後ろに跳ばした。機敏な動きだ。

しかし正紀は、動きを止めない。前に踏み出して、小手を狙った。相手は体を揺らしながらも、こちらの刀身を払い上げようとした。けれども正紀は、そのまま刀身を押し込んだ。

がりがりと、鎬《しのぎ》が擦れ合う。正紀は力で押して、相手が押し返したところで体を斜め前に回して、刀身を外した。力を入れていた大田原は、それで前のめりになった。

その肩を、正紀は峰に返した刀身で打った。

「うっ」

大田原は刀を取り落とした。その体に、捕り縄を手にしていた山野辺が躍りかかった。瞬く間に縛り上げた。

身柄を、庄吉らがいる大番屋へ運んだ。そして人足寄場の船頭九作を呼んだ。

「ああ、あのとき鉄砲洲稲荷裏の船着場から小舟で出てきたのは、このお侍です」

山野辺の問いかけを受けて、九作は逃げた侍は大田原だったと証言した。

それで大田原は顔を歪めた。庄九郎やお吟と謀った上で、留助に斬りかかったことを認めた。

「留助の証言があったら、菜種油百樽の輸送について、高岡藩の関与はなかったことになってしまう。留助の口をふさがなくてはならなかった」

まさか人足寄場の船頭に見られていたとは考えもしなかったと、大田原は言った。

庄九郎とお吟は、九作を呼びに行った段階で、山野辺の手下が大番屋へ連行していた。

お吟は留助と大田原の証言から、留助殺害の企みで、重要な役割を果たしていたことは明白だった。深川常盤町の小料理屋の女中の証言もある。否認はできなかった。

「私は、福川屋へ嫁ぐことになっていました。その前に、世話になったおとっつあんに恩返しをしたいと思いました」

聞くところによると、お吟は実子ではなく、庄九郎夫婦は遠縁の娘を貰い受けていたのだった。まだ生まれて間もない赤子の内だったので、店の者でさえ知らなかった。お吟は十歳のときに縁者から知らされて、それを心の隅に置いていたのだとか。

「どうりで、父親と似ていないと思いました」

話を聞いた房太郎は納得して頷いた。

ここまではっきりさせてから、山野辺と正紀は庄吉と吉也に対して問い質しを行った。高岡藩と正紀、山野辺を嵌めるべく、庄九郎と石川家の用人鈴谷や大田原と謀って、油漆奉行に渡す菜種油百樽を、高岡河岸にやったことを認めた。

庄九郎も、関与を認めざるを得なかった。

石川家や鈴谷、大田原については、目付がここまでの供述をもとに調べを行う。問い質しと並行して、正紀は青山と植村に道灌山の寮を検めさせた。すると葛籠の中から、江戸の両替商が出した、大坂の両替商宛ての千両の為替が発見された。すぐに正紀のもとに届けられた。

「これは、大坂で商いをしようとしていたわけだな」

正紀が庄吉に質した。

「そうだ。おまえたちに一泡吹かせてから、向こうで商いをするつもりだった」

兄の庄九郎は江戸で再起を図るとしたが、自分は厳しいと感じた。また正紀や山野辺への怒りも大きかった。油漆奉行に納める下り物の菜種油百樽が、間近に入荷することが分かっていて、これを復讐の材料にしようと考えたとか。

千両は土地と店舗を売った金で、これは大坂での商いの元手にする。他にも庄九郎から、資金の援助がなされることになっていた。繰綿商いは、大坂が本場だ。蓬萊屋の商いの役にも立つと踏んでいたと庄吉は証言した。

「我らが処罰を受けるのを見届けたうえで、江戸を発とうとしていたわけだな」

「いかにも。一万石の小大名が、旗本に格下げになるのは愉快な話だ。町奉行所の与力が路頭に迷うのも面白い」

庄吉は口にしたが、言い終わる前に顔が歪んだ。企みが頓挫したのは、己の方だからだ。

「なぜ吉也に吉原行きを許したのだ」

正紀が問いかけた。吉也の吉原行きがなければ、庄吉たちが隠れ家としていた道灌山の寮には辿り着けなかったからだ。

「あやつには、通っていた妓がいた。江戸を離れる前に、心残りがないようにと図ってやった。こんなことになるとは思いもしなかった」

庄吉は悔しそうに言った。男親としての配慮が、仇となった。

すでに九十八樽の菜種油は、郷倉屋の手によって、霞ケ浦や銚子方面で売られてしまった。高岡藩に置かれた二樽だけが、江戸に戻った。

これを荷車に積んで、正紀は油漆奉行の塩沢脩兵衛を訪ねた。

「高岡藩は、ご難でございましたな」

前とは違う、好意的な口調で塩沢は言った。

菜種油百樽の件については、高岡藩の関与がなかったことは公にされていた。兄の睦群が、会う大名旗本に、訊かれなくても伝えた。

「一門の恥ではなくなったぞ」

報告に行ったときに、睦群に言われた。正紀はやれやれといった思いだ。

「不着の百樽については、庄吉が隠し持っていた金子から、新たに仕入れることにいたしました。年内には大坂から届くことでございましょう」

郷倉屋庄吉を捕らえられたことで、ご公儀の威光は、どうにか保たれたということになったらしい。

「それにしても、井上様の執念には感服いたしました。わざわざ当家をお訪ねくださり、事情をうかがいました。それまでは関与は濃厚だと感じておりましたが、あれを聞いて気持ちが変わりました」

塩沢は心情を伝えてきた。

同じ日、山野辺が正紀を訪ねて来た。庄九郎と庄吉、吉也やお吟の処罰がどうなったか知らせに来たのである。

「庄九郎と庄吉、吉也は死罪となるだろう。お吟は、義理の父親のために手助けをしたからな、命だけは助けられて遠島の処分になる模様だ」

蓬莱屋と郷倉屋は、闕所となる。家や土地、財産のすべてを取り上げられる。

「仕方のないところだな」

「お吟の処分について房太郎に話したら、あやつ、泣き笑いの顔になったぞ」

房太郎はお吟を恨んではいるが、養女だったことは知らなかった。前にそれを伝えたときには、動揺を隠せなかった。

「あの女にも、そんなことがあったのですか」

そこで言葉を呑んだ。人は他人の目には見えない、様々な事情を抱えている。だから許せるわけではないにしても、房太郎はお吟に少し同情をしたらしかった。

「石川家では、鈴谷と大田原が腹を切ったそうだ」

これは正紀が、正国から聞いた話として伝えた。正国は、信明から聞いたそうな。

「総恒には、功績もある。伊勢亀山藩の嘆願《たんがん》もあって、留守居役のまま謹慎になるそうだ」

「それだけか」

「いや。老中首座の松平定信様に、呼ばれたらしい。定信様は、冷徹な方だからな。相当絞られたようだ」

年明けには留守居役は解任になる。しかしその前でも登城をすることはない。実質的な力は、すべて奪われた。

「互いに、疑いは晴れた。進物の品については、次からは気をつけなくてはなるまい」

山野辺が半ば自分に言い聞かせるように言った。

「これでお主は、綾芽殿と晴れて祝言を挙げられるではないか」

「まあ、そうだな」

正紀の言葉に、山野辺は照れ笑いをしながら頷いた。

「吉原の面番所で食べた握り飯は、うまかったぞ」

「いやいや」

山野辺は相好《そうごう》を崩した。へらへらとした顔で、町の者に見せられたものではなかった。二人の祝言には、母も妹も喜んでいるそうな。

孝姫は事件の間も、すくすくと育っていた。正紀は、事件が決着したことを京にも伝えた。

「疑いが晴れて、何よりでございます」

とは言ったが、笑顔がきつい目に変わった。

「吉原にて、一夜を明かしたそうでございますね」

吉原での張り込みについて話した覚えはないが、どこかで聞いたらしかった。

「吉也が現れるのを、待たねばならなかったからな」

「楽しい思いを、なさったのではありませぬか」

つんとした口ぶりだ。

「いや。大門脇の面番所で、青山らと夜明かしをしただけだ。楽しいことなど、あるわけがない」

ややしどろもどろになって答えた。嘘はついていない。

「ならばよろしいが」

京は焼きもちを焼いたのである。まんざらではない気持ちになったが、正紀はそれが顔に出ないように注意をした。

初めて吉原へ行って、浮き立つような心持ちになったのは間違いなかった。そのことは、何があっても口にすることはできない。

本作品は書き下ろしです。

双葉文庫

ち-01-40

おれは一万石《いちまんごく》

慶事《けいじ》の魔《ま》

2020年3月15日　第1刷発行

【著者】
千野隆司《ちのたかし》
©Takashi Chino 2020
【発行者】
箕浦克史
【発行所】
株式会社双葉社
〒162-8540 東京都新宿区東五軒町3番28号
［電話］03-5261-4818(営業)　03-5261-4840(編集)
www.futabasha.co.jp
(双葉社の書籍・コミックが買えます)
【印刷所】
大日本印刷株式会社
【製本所】
大日本印刷株式会社
【CTP】
株式会社ビーワークス

【表紙・扉絵】南伸坊
【フォーマット・デザイン】日下潤一
【フォーマットデジタル印字】恒和プロセス

落丁・乱丁の場合は送料双葉社負担でお取り替えいたします。
「製作部」宛にお送りください。
ただし、古書店で購入したものについてはお取り替えできません。
［電話］03-5261-4822(製作部)

定価はカバーに表示してあります。
本書のコピー、スキャン、デジタル化等の無断複製・転載は
著作権法上での例外を除き禁じられています。
本書を代行業者等の第三者に依頼してスキャンやデジタル化することは、
たとえ個人や家庭内での利用でも著作権法違反です。

ISBN978-4-575-66990-9 C0193
Printed in Japan

雇われ師範・豊之助 借金道場

千野隆司

北町奉行・永田備前守正直の三男・豊之助は師の命でボロ道場の立て直しをはかるのだったが……。待望の新シリーズ第一弾！

雇われ師範・豊之助 ぬか喜び

千野隆司

ボロ道場に十数名もの新弟子志願者が訪れた。豊之助が賊から救った越中屋の指図らしい。喜ぶ豊之助だったが、思わぬことに……。

雇われ師範・豊之助 瓢簞から駒

千野隆司

刺客に狙われる若侍を助けた豊之助。事情も聞かず、道場に居候させたのだが、凶刃は豊之助にまで迫る！ 人気シリーズ第三弾！

雇われ師範・豊之助　家宝の鈍刀《なまくら》

千野隆司

遺体に残された凶器は、豊之助の弟子がつねに腰に差していた家宝の脇差だった。真の下手人を捜す豊之助だったが……。

雇われ師範・豊之助　泣き虫大将

千野隆司

多大な被害を招いた神田上水決壊は人災か天災か⁉　普請奉行に頼まれ探索をはじめた豊之助は、驚くべき真相へ行きついた！

雇われ師範・豊之助　鬼婆の魂胆

千野隆司

居候の父子が狙う仇はどうやら江戸を騒がす火付け盗賊団の頭⁉　豊之助と北山は密かに探索を続けていた。大団円のシリーズ最終巻‼

川あかり

葉室 麟

藩で一番の臆病者と言われる男が、刺客を命じられた！　武士として生きることの覚悟と矜持が胸を打つ、直木賞作家の痛快娯楽作。

螢草《ほたるぐさ》

葉室 麟

切腹した父の無念を晴らすという悲願を胸に、出自を隠し女中となった菜々。だが、奉公先の風早家に卑劣な罠が仕掛けられる。

峠しぐれ

葉室 麟

峠の茶店を営む寡黙な夫婦。ある年の夏、二人を討つため屈強な七人組の侍が訪ねてきた。二人の過去になにが。話は十五年前の夏に遡る。

あおなり道場始末

葉室 麟

その剣、天下無双——ただし、三回に一回⁉ 未完成の奥義〝神妙活殺〟を引っさげて、三兄妹弟は父の仇を捜すため道場破りの旅にでる！

かりんとう侍

中島 要

黒船来襲で揺れる幕末の江戸。呑気に生きてきた甘えん坊侍にも、次々と試練が襲いかかる。若様は時代の荒波を乗りきれるのか⁉

うき世櫛《よぐし》

中島 要

抜群の腕をもつ女髪結いとけなげに修業する若い弟子。髪に込められた想いを通して、二人は悩める江戸の女を救う。傑作時代小説。